La Chienne de Basket-ville

ISBN:978-2-7443-1801-6

POLICE DES MŒURS : Je souhaite recevoir

– les volumes cochés ci-dessous au prix de 6,20 € l'u

N°..

soit...livres à 6,20 € =........

\+ frais de port =.........

(1 vol. : 1,70 €, 2 à 3 vol. : 3,50 €, 4 vol et plus : 5 €)

(ajouter à TOTAL abonnements)......................... .... =..........

N°	TITRES
125	Le Mort au pair
141	La Bombe de Noël
142	La Position du chapeau chinois
143	Les Trois Orphelines
144	La Bouc émissaire
145	Le Sentier des demoiselles
146	Lovita
147	La Croqueuse de chrysanthème
148	L'Auto-stoppeuse
151	La valse des patineuses
152	Contrat pour l'éternité
153	L'Amante religieuse
154	À l'ombre des filles en pleurs
155	Tectonique des plates
159	Le denier du cul
160	La rescapée
161	Mergitur
162	La Fille au père
163	Strip poker
164	La Plombière
165	La Baby-siter
166	La Langue au chat
167	En mai je fais ce qu'il te plaît
168	Sous les poupées la plage
169	Les Vendangeuses
170	La Convoyeuse
171	Régime sensuel
174	Félicie repasse le code
175	La cinquantième rugissante
177	Belles du désert
178	À cru et à dia
179	Les Malveillantes
180	Fleurdeprintemps. com
HS	Le Mystère de la dame en bleu
186	La Tamponneuse des Lilas
187	Princesse des podiums
188	L'Arnaqueuse
189	La Flibustière des marais
190	Hamster Dame
191	Si belle et si agile

N°	TITRES
192	L'Effeuilleuse morte
193	La Démone de mes nuits
194	Je m'envoyais déjà...
195	Les sept tentations
197	L'Arène de cœur
198	La Mégère enragée
199	La Guerre des peaux lisses
200	La Nymphette du 200
201	La Groupie de la rue St Denis
202	Vierges en soldes
203	La maître queux
204	Le Clan des Polissonnes
205	La Cage aux molles
206	Minettes en miettes
207	Les Jumelles floues
208	Mâtine à la plage
209	L'Enjôleuse maléfique
210	Le Jeu des quatre vaincues
211	la Bouilleuse de cru
212	Taupe-là
213	Les Visiteuses du soir
214	Mortelle laideur
215	Sois belle et tue-toi
216	Méfiez-vous des fillettes
217	La jardinière des grosses légu
218	La femme requin
219	Court têtue
220	Mignone ; allons voir si la
221	Mise en seine pour demoi
222	Sybelle est si fragile
223	Le Mystère de la cham
224	L'Effeuilleuse en habi
225	Les Filles de Came à
226	La Blancche de Sai
227	Le Fantôme de la
228	Vol au dessus d'u
229	Règlements de c
230	La Ronde des g
231	La Virginité si
232	L'Esclave du

Pierre Lucas

LA CHIENNE DE BASKET-VILLE

POLICE DES MŒURS N° 233

VAUVENARGUES

CHAPITRE PREMIER

– Je voudrais pas me permettre de dire du mal sans savoir, c'est pas mon style de parler à tort et à l'envers, mais je trouve que vous avez l'air soucieux comme pas deux, monsieur, dans le genre tracassé.

– Ah bon ! Qu'est-ce qui peut bien te faire dire ça, Milène ?

– Vous bandez tout mou. Normalement, quand je fais une gâterie à quelqu'un qui a l'esprit assez tranquille pour profiter bien à son aise, c'est pas du tout comme ça qu'il réagit. D'ailleurs c'est pour ça que j'ai arrêté de vous sucer. Un bout de viande toute mollassonne sur la langue, vous savez, c'est pas franchement très enrichissant, comme sensation.

– Désolé.

– Et le pire, c'est que vous vous en êtes même pas rendu compte, que j'ai arrêté de vous sucer. C'est limite vexant, comme insulte à ma féminité qui suinte le sexe à pile de partout, d'après ce qu'on m'en dit la plupart du temps.

– Alors je rectifie : je ne suis pas seulement désolé, mais pratiquement navré.

– Ouais ben vous feriez mieux de rectifier d'une autre façon, si vous voyez ce que je veux dire. Parce que j'ai peut-être pas été aux grandes écoles à plusieurs étages comme vous, mais ça m'empêche pas de savoir que rectifier, au point de vue de la synonymie, c'est quasiment pareil que redresser, dans un certain sens.

– Je veux bien essayer mais je ne garantis pas le résultat. Tu as raison, Milène, je suis soucieux. La qualité de ta féminité n'est donc absolument pas en cause.

– Ouf, ça me rassure. C'est quoi, votre souci ?

– Le même que le tien, évidemment. Tous autant que nous sommes, collectivement parlant, on est embarqués dans la même galère.

– Eh bé vous manquez pas d'air pour me souffler dans les bronches, vous ! OK, mettons qu'avec un peu de malchance, vous vous retrouviez au chômage vous aussi. D'abord ça m'étonnerait que ça dure aussi longtemps que pour moi et mes copines, et deuzio, vos indemnités, elles seront pas franchement du même gabarit, au niveau du montant.

– Certes, mais tout est relatif, Milène. Et puis, il n'y a pas que le manque d'argent, dans la vie.

Le sentiment d'échec est tout aussi éprouvant, pour les gens comme moi. Un cadre dirigeant, c'est un berger. Quand le troupeau dépérit, il en est tout aussi affecté que ses brebis.

– Chuis pas une brebis ! D'abord ça sait pas sucer, une brebis. Ça se contente de brouter. Ah, on dirait que vous rebandez un peu, là. Y a de l'espoir, d'après vous, ou alors c'est seulement un effet d'optique ?

– Je ressens en moi comme un léger début de regain de tension charnelle, en effet. Donc, logiquement, il est permis d'espérer.

– Si je me mets carrément toute nue, peut-être que ça vous aidera un peu, non ?

– L'idée me paraît judicieuse, je l'avoue. D'autant plus que ce qu'on peut deviner sans excès d'imagination sous ta blouse de gréviste semble bougrement tentateur, à mon avis.

– Alors c'est pour ça que vous m'avez suivie ?! Vous vous êtes dit que de mater une jolie fille comme moi en train de faire pipi derrière un buisson, ça pourrait vous désennuyer un peu, à défaut de vous remonter le moral ?

– Il y a de ça, effectivement. Hou-là. Visuellement, tes nichons sont tout simplement adorables, Milène.

– Un peu, mon neveu. Et encore vous avez rien vu. Paraît que ma chatte, c'est la plus triquante de toute la boîte.

– À ce point-là ?

– Ouais. Voilà. Vous en pensez quoi ?

– Ffffff. Une merveille, de toute évidence.

– Je vous l'avais dit. Bon, je vais vous resucer, là, vu que Popaul s'est carrément remis à ressembler à quelque chose.

– Tout compte fait, je préférerais te la bourrer directement, ta merveille de la nature. Si ça ne te dérange pas, bien entendu.

– C'est comme vous voulez. Chuis pas contrariante, comme fille. On fait ça en levrette, OK ? Comme ça, ça vous facilitera la vie pour m'enculer un petit coup de temps en temps entre deux bourrages de minou. Ça aussi, j'aime bien.

– Aucun problème, Milène. Tu sais quoi ?

– Non.

– On aurait dû faire plus ample connaissance plus tôt, au temps regretté de notre insolente prospérité. Tu vas me manquer, je crois.

– Ben ouais. C'est la vie. Mmpf. Oui comme ça c'est bien, vous êtes pile poil au fond. Y aurait peut-être une solution, remarquez.

– Han-han. Une solution à quoi, Milène ?

– Si vous divorcez de votre femme pour m'épouser, je vous manquerai beaucoup moins, vu que j'habiterai chez vous. En tant que future chômeuse, ça me dérangerait pas du tout d'avoir un mari chômeur qui touche bien plus que moi en attendant de retrouver du boulot, lui, vu que pour moi c'est râpé d'avance, dans cette région pourrie. Vous pourrez même garder votre maîtresse, si vous voulez.

– J'y songerai, Milène, j'y songerai. Douze allers et retours dans ton joli minou et quatre dans ton cul, ça te convient, comme rythme d'alternance ?

– C'est comme vous le sentez. Chuis pas contrariante, je vous l'ai déjà dit.

CHAPITRE II

– C'est pas moi qui lui ai fait ça, je vous jure que c'est pas moi !

– Ce n'est pas vous qui lui avez fait quoi, et à qui, mademoiselle Hiome ? se gratta le front sous son képi le gendarme Ry. Personne ne vous accuse de quoi que ce soit, il s'agit juste d'un interrogatoire de routine visant à situer les gens au moment des faits.

CHAPITRE III

Bip-bip-bip, bip-bip-bip, bip-bip-bip, fit le radioréveil du capitaine Alexandre Gribovitch.

Malgré des compétences intellectuelles et émotionnelles très diminuées par l'état semi-comateux qui caractérise la transition sommeil-veille chez la plupart des mammifères à sang plus ou moins chaud, celui-ci parvint à réunir les conditions d'une surprise foncièrement légitime, car normalement, c'étaient les infos de France Inter qui étaient censées le caler sur les rails de la vie de tous les jours, et pas du tout cette bête sonnerie vaguement électronique aussi insupportable que peu motivante.

Néanmoins, il ne s'en scandalisa pas outre mesure, car, d'une part, la sinistrose congénitale des infos n'était généralement pas très motivante elle non plus, et, d'autre part, ça n'avait rien de spécialement étonnant qu'un artefact à deux balles six sous fabriqué à l'autre bout du monde par des esclaves sous-payés se permette de temps en temps de postillonner un bug retentissant à la face mal rasée du consommateur nanti moyen.

Aussi se contenta-t-il de museler l'appareil d'un index dilettante, plutôt que de lui couper le sifflet d'un coup de poing potentiellement destructeur et donc générateur de dépenses inutiles.

Ensuite, il se posa la question rituelle : était-ce son tour de préparer le petit dèje, ou bien celui de sa coéquipière le capitaine Sophie Leclerc, avec laquelle il cohabitait en tout bien tout honneur, la majeure partie du temps, et en copropriété, au 14 de la rue Saturnin-Bernache et à portée d'enjambée du métro Bastille, chacun sa moitié de maison sauf la cuisine qui était commune, ainsi que le garage qui usurpait cette appellation en toute impunité depuis qu'ils avaient tous les deux renoncé à financer une voiture perso au profit des transports en commun parisiens, voire franciliens ?

La réponse s'avéra sans appel : c'était son tour, car la veille, c'était Sophie qui s'y était collée.

Il grommela donc sa cruelle déconvenue face au diktat d'un algorithme binaire aussi intraitable qu'implacable, et procéda quasi automatiquement au reste du rituel : chaussage de lunettes de myope, enfilage de caleçon à braguette à bouton en position assise, grattage de fesse gauche et hissage prudent de sa longue carcasse en situation de bipédie classique, pour cause de fragilité lombaire chronique.

Sans oublier l'allumage d'une Gitane blonde dont il tira trois longues bouffées inaugurales et préventives, car Sophie détestait qu'il se permît de polluer l'espace vital commun de la cuisine au moment du café au lait.

Sans oublier non plus de récupérer son portable sur la table de chevet.

Ça pouvait toujours servir.

CHAPITRE IV

– Putain tu faiches, là, carrément, râla-t-il après avoir constaté que Sophie lui avait fait cadeau d'un tour, vu qu'elle était déjà à l'œuvre.

– Plaît-il ? fit-elle semblant de s'informer quant au motif de cette verdeur de langage matutinale, tout en se retournant seins nus face à son coéquipier mal embouché qui venait de débouler dans la cuisine.

– D'habitude, expliqua malgré tout le fâché, tu portes au moins ta veste de pyjama trop grande pour toi. Là, même pas.

– C'est parce qu'on est en été et qu'il fait chaud. Par le plus grand des hasards, je me suis aperçue que je suis plus à l'aise sans qu'avec. Et puis de toute façon qu'est-ce que ça change, puisque je la boutonne jamais, ma veste de pyjama ?

La vigueur de l'argument laissa Gribovitch sans voix.

– Sans compter que pour compenser, cette fois

j'ai mis un string au lieu de rester cul nu, compléta la coupable. Ça fait qu'il y a demi-mal, quand même, non ?

Assommé par cet excès de rhétorique mâtiné d'une mauvaise foi sans nom, le vaincu se contenta de soupirer sa défaite en levant les yeux au plafond.

Quand il se rendit compte que le bouton de sa braguette de caleçon, une fois de plus, avait sauté pour libérer une tête chercheuse aussi joufflue que soudainement irriguée, il était déjà trop tard.

Sophie pouffa traîtreusement, sans commentaire superflu.

– C'est quoi, que t'as mis au four ? se méfia le méfiant d'une narine perplexe.

– Des friands saucisse congelés. Y avait plus de croissants.

– Non ?!

– Si. Tu verras : en les trempant suffisamment longtemps dans le café au lait, on ne sent presque plus le goût de la saucisse. Enfin, c'est ce que je me dis car l'espoir fait vivre, vu que j'ai encore jamais essayé.

– Beurk.

– À tes souhaits. Pas de ma faute si tu as zappé la moitié de la liste la dernière fois que tu as fait les courses au Franprix.

– Normal : j'avais pas de stylo sur moi pour cocher au fur et à mesure.

– Ben voyons.

Sur ce, le téléphone d'Alex se mit à piailler le début calamiteux de la chanson des babouchkas russes du dernier concours de l'Eurovision.

– Oui, patron ? décrocha-t-il sans même prendre le temps de consulter l'écran, car il avait l'habitude.

CHAPITRE V

– Salut, salua Gribovitch car ce sont des choses qui se font entre gens civilisés.

– Salut, renvoya Roger Dallant poliment la balle, car l'orfèvre incontesté de la Scientifique et collaborateur régulier des Affaires Spéciales avait, entre autres qualités, de l'éducation.

– Ça boume ? s'enquit Sophie sans trop de conviction.

C'était juste une façon de dire bonjour à sa façon.

– Comme un matin d'été où la moitié des gens sont en vacances. Mais étant donné qu'il en faut bien pour faire partie de l'autre moitié et que de toute manière je déteste les vacances, je dirai que globalement, oui, ça boume. C'est quoi, le motif de votre visite, aujourd'hui ?

– Comme d'hab, l'éclaira partiellement Gribovitch. Griffon a bigophoné alors que j'étais en pleine menace de petit dèje au friand saucisse. Du coup, ça m'a permis d'échapper à l'aventure, vu que j'avais pas encore pris ma douche et qu'il a dit que ça urgeait.

– C'est très mauvais pour l'équilibre nutritionnel, de ne rien avaler de solide le matin, tint à signaler Sophie. En plus, c'était pas si pire que ça, à part les yeux du gras de saucisse sur le café.

– Il a dit ce que c'était, qui urgeait, Griffon ? voulut logiquement savoir Dallant.

– Paraît que tu as un cadavre de province à nous présenter, le contenta Alex.

– Ah bon. On m'en a effectivement livré un à l'embauche, mais personne ne m'a informé que vous étiez sur le coup.

– C'est normal : jusqu'à tout à l'heure, on n'était pas au courant non plus.

– Pour l'instant, je n'ai même pas encore eu le temps de consulter le bon de livraison. Alors on va faire connaissance avec la dépouille ensemble, puisque vous êtes là.

– Ça marche pour nous, adhéra Gribovitch sans négocier…

– Bheuarhh, apprécia modérément Sophie le spectacle révélé par le dézippage du sac plastique réglementaire.

L'homme mort, en effet, souffrait d'un manque cruel : il n'avait plus rien entre les jambes, à part une béance aussi peu ragoûtante que saccagée.

– Tout à fait d'accord avec toi, confirma Alex en serrant les cuisses.

– Le décès de ce monsieur et les sévices qu'il a subis ne sont pas de toute première fraîcheur, nota Dallant d'un œil expérimenté. À une queue de vache près, je dirais que la carcasse a au moins une semaine de frigo au compteur. Bon, voyons ce que raconte sa fiche. Mouais, évidemment.

– Évidemment quoi ?

– Ce pauvre bougre privé de l'essentiel de sa masculinité n'est autre que Jean Navait. Si vous suivez un peu les infos, vous savez qui c'est. On ne parle que de ça.

– Le cadre de l'usine de chaussures de sport en grève, résuma Sophie, seule entreprise conséquente d'une petite ville condamnée au désert économique si le projet de délocalisation de la boîte est mené à terme. Retrouvé assassiné il y a huit jours à proximité du site. Sauf que le détail scabreux des attributs manquants n'a pas encore fuité.

– C'est ça. Je me demande pourquoi on me l'a envoyé, celui-là. Tout le boulot a déjà été fait. Le dossier précise que la mort a été causée par rupture des cervicales, et que l'ablation du service trois pièces a eu lieu post mortem. Une autopsie sous le contrôle de mon expérience affûtée n'en dira pas beaucoup plus, j'avais déjà deviné tout ça au premier coup d'œil.

– Il raconte autre chose, le dossier ? s'enquit Gribovitch.

– Oui. Deux ADN féminins à proximité immédiate de la plaie, dont l'un appartenant à une certaine Milène Hiome, ouvrière gréviste. L'autre n'a pas été identifié.

– Pas de précisions sur l'arme du crime et sur le mode opératoire du carnage génital ?

– Non.

– Alors c'est sans doute pour ça qu'on t'a envoyé le corps : on compte sur tes lumières pour éclairer ces menus détails ou confirmer des hypothèses dont on s'abstient de t'informer a priori, histoire de ne pas influencer ton jugement.

– Maintenant que tu le dis, j'aurais tendance à être d'accord avec toi. Voyons, voyons. Pas de trace de coup au niveau de la nuque. Pas de signe de strangulation non plus. Pour moi, c'est clair : on lui a tordu le cou à mains nues, tout simplement. Quant au reste… Hu-hum, je crains le pire. Une loupe s'impose. Voilà, voilà. Je mobilise celle qui ne quitte jamais la poche de ma blouse et j'examine. Oui, c'est bien ce que je pensais. On lui a arraché tout son bazar avec les dents. Des dents humaines, je précise, vu la courbure des entailles. Et forcément féminines, puisque le dossier ne parle pas d'ADN masculin.

– Ça me rappelle quelque chose, grimaça Alex

en se gratouillant la calvitie.

– L'affaire du lac de Vassivière[1] ! percuta Sophie.

– Oui, et ça ne nous rajeunit pas. Surtout moi. Sauf que là, en guise de louves et vu le contexte, ce serait plutôt la chienne de Basket-Ville.

– Je n'aurais pas mieux dit ! avoua Dallant qui était très bon public pour les jeux de mots navrants de Gribovitch.

– Consternant, soupira Sophie comme d'habitude.

1 Voir les Louves de Vassivière, Police des Mœurs n° 130.

CHAPITRE VI

Sis rue de Lutèce sur l'île de la Cité, en l'enceinte très officielle de la Préfecture de Police, les locaux des Affaires Spéciales jouissaient d'une discrétion délibérée, par le truchement d'une entrée spécifique quasi dérobée, car personne en ces lieux prestigieux ne tenait particulièrement à revendiquer un tel voisinage, jugé par d'aucuns peu honorable, voire compromettant.

Placides, des pigeons estivaux picoraient sans hâte des miettes de quelque chose sur la place Louis-Lépine, nul n'étant tenu de s'agiter abusivement en cette saison propice au glandouillage, pas même les volatiles urbains.

Respectueux de l'espace vital d'autrui, Gribovitch et Sophie slalomèrent large afin de ne pas les déranger, et Alex poussa même la délicatesse jusqu'à s'abstenir de projeter d'une pichenette son mégot de Gitane blonde dans la tronche de l'un ou l'autre, agression traîtresse à laquelle il s'adonnait parfois en cachette de sa coéquipière, laquelle ne supportait pas qu'on polluât le pavé parisien d'une quelconque façon, et encore moins qu'on attentât à la dignité d'un être vivant soi-disant innocent telle la blanche colombe, fût-il aussi con qu'un abruti de pigeon…

– Hola que tal la salud y todo eso ? les accueillit avec un accent douteux Karine, la pétulante réceptionniste du service.

– Je suppute que ton baragouinage, là, supputa Alex, ça prétend ressembler à de l'espagnol et que ça nous demande comment ça va la santé et tout le bazar.

– Ouais en gros c'est ça, avoua la coupable. Faut bien que je m'exerce un peu, vu que mon casse-croûte du moment, c'est un sans-papiers de Barcelone qu'a foutu le camp de là-bas à cause de la crise et du chômage qui va avec. D'ailleurs il commence à regretter un peu, vu qu'ici il a pas trouvé de taf non plus et qu'il est obligé de squatter chez moi suite à une rencontre à l'improviste sur un banc public. J'ai tout de suite flashé sur lui, il est trognon comme une pomme d'api.

– C'est étrange, nota Sophie.

– Quoi donc ?

– Sans-papiers et Espagnol, ça ne va pas ensemble, puisque jusqu'à nouvel ordre, les Ibériques sont des Européens.

– Ben je sais bien mais lui, à la base, c'est un Péruvien clandestin. Ça explique.

– Effectivement. Je suppose que c'est pour ça que tu portes un miniponcho multicolore sur tes épaules.

– Ouais. C'est lui qui m'en a fait cadeau. C'est seyant, hein ?

– Tout à fait, admit Gribovitch. Mais tu es sûre qu'on n'est pas censé porter aussi autre chose, sous ces trucs-là ? Genre soutien-gorge, par exemple. Au minimum.

– Je sais pas, il m'a pas dit. Faut dire que c'est un poncho en laine de lama, aussi. C'est super chaud, à cette saison, quand on habite pas dans la Cordillère des Andes. Alors faut bien aérer un peu si on veut pas sentir la transpiration. Sans compter que la couleur de mes tétons, elle va bien avec, je trouve. Il m'a aussi offert un string en plumes de condor tressées. Vous voulez voir ?

– Tu portes sans aucun doute la plume de condor dans le cul à merveille, écourta Sophie, mais le boss nous attend, là.

– Ah bon. Tant pis pour vous.

CHAPITRE VII

Trônant derrière son bureau de fonction tel un pape épanoui sur le riche terreau de sa foi sans faille, le commandant Pierre Griffon, fidèle à son vice chronique, torturait avec allégresse un pauvre capuchon de stylo d'une mandibule sadique.

– Good morning how do you do and all that ? chouina-t-il entre deux coups de prémolaires.

– Vous vous êtes récemment entiché d'une jeunesse clandestine anglophone rencontrée sur un banc public, patron ? osa Sophie en tout irrespect.

– Pas du tout, Leclerc, tint à démentir le choqué. Ma vie conjugale est solide comme le roc et j'y tiens comme à la prunelle de mes yeux. C'est juste qu'en ce moment, mon épouse et moi-même, nous hébergeons le correspondant australien de ma petite-nièce. C'est un habitué des grand espaces, il vit dans un ranch. Dès sa première nuit dans le trois-pièces HLM de mon neveu, il a fait une crise de claustrophobie. Il a fallu intervenir en urgence, nous l'avons installé dans la chambre d'amis.

– Le cadavre de Jean Navait n'était pas beau à voir, zappa d'emblée Gribovitch en direction du vif du sujet. Sa mésaventure fatale lui a coûté peu en quantité, mais énormément en qualité. J'ai peur que sa fierté posthume ne s'en remette jamais.

– Je suis au courant de ce menu détail, signala Griffon. Qu'en dit Dallant ?

– L'ablation a été opérée par des dents humaines. Préalablement, on lui avait brisé les cervicales à mains nues.

– Hu-hum. Ça confirme le diagnostic de ses collègues du cru.

– Le dossier joint au cadavre ne précise pas si le matos de monsieur a été retrouvé. Vous avez des infos là-dessus ?

– Pour le moment, Popaul et ses deux Paulettes manquent à l'appel. Aucune trace. La vorace qui lui a fait ça tenait peut-être à conserver ses trophées. Dallant a-t-il précisé si les mains nues dont vous parlez appartenaient elles aussi à une femme, ou bien exclusivement à un homme ganté ?

– Non. Vous le connaissez, il ne s'engage pas à la légère. D'autant que n'importe quelle femme un tant soit peu décidée a suffisamment de force pour tordre le cou à un travailleur en col blanc qui n'avait pas spécialement le profil d'un sportif de haut niveau, d'après ce qu'on en a vu.

– Bon. Autrement dit, on ignore si l'assassin et la bouffeuse de service trois pièces sont une seule et même personne, ou s'il y a eu complicité dans l'ignominie.

– Absolument, intervint Sophie. Si vous nous en disiez un peu plus sur ce chantier et sur le rôle qu'on est censés y jouer, éventuellement ? Notamment sur cette ouvrière dont l'ADN a été retrouvé sur le cadavre en compagnie de celui d'une inconnue. Une certaine Milène Hiome, d'après le dossier.

– J'y viens, Leclerc, j'y viens. L'enquête de gendarmerie piétine dans les grandes largeurs, mais il semble – c'est toujours ça – que cette jeune femme soit hors de cause. Lors de l'interrogatoire de routine infligé à toutes les employées de l'usine, assorti d'un prélèvement d'ADN, elle n'a pas réagi comme une coupable, mais comme une innocente terrassée par la panique. C'est elle qui a découvert le cadavre la première. Quelques heures plus tôt, elle s'était envoyée en l'air avec la victime. D'où sa panique. Elle n'a rien dit, de peur qu'on lui mette le carnage sur le dos. Jusqu'à l'interrogatoire où elle s'est effondrée. Jusqu'ici, le détail que vous savez a été tenu secret, dans l'intérêt de l'enquête. Elle a promis de garder le silence et elle a tenu sa parole. Vu le contexte, c'est le genre d'élément scabreux qui pourrait enflammer les médias. Ce n'est pas souhaitable.

La lutte de cette usine pour sa survie est devenue un symbole. Comme vous le savez, tout le monde fait bloc pour combattre la décision de délocalisation prise au niveau de la direction du groupe : les ouvrières, les dirigeants de l'usine, les politiques locaux et nationaux. Jean Navait, en tant que directeur des ressources humaines acquis à la cause de ses troupes, n'était pas le moins impliqué, même s'il n'y croyait plus beaucoup. Il faut démêler ce fichu sac de nœuds en douceur, quitte à aménager un peu la vérité des faits si nécessaire, foutre de bordel d'effets spéciaux.

– Je vois, dit Gribovitch. On part quand ?

– Dans… une heure quarante-sept très exactement. Vos billets de train sont déjà réservés, ils vous attendent au guichet gare de Lyon. Ça vous laisse largement le temps de repasser par chez vous pour faire vos bagages.

CHAPITRE VIII

– Wouf c'est carrément le trou du cul du monde, ici, se lamenta Gribovitch en allumant une Gitane blonde sur le quai.

– Qu'est-ce qui te suggère cette observation topologique quasi insultante ? s'enquit Sophie à tout hasard en ajustant la bandoulière de son sac de voyage sur son épaule dénudée par un top minimaliste adapté à la température excessivement estivale.

– La taille de la gare. Ça frise le format boîte d'allumettes.

– Oui mais c'est quand même une gare où les TGV s'arrêtent, puisque que le nôtre vient justement de s'y arrêter. Ça compense.

– Mouais. Si tu le dis. N'empêche que jusqu'à nouvel ordre, je maintiens mon diagnostic.

– À cause de l'odeur de cambrousse genre foin coupé ?

– Absolument. Une gare qui empeste la ruralité

au point que ça couvre le parfum d'un TGV échauffé par plusieurs centaines de bornes, c'est louche. Tu crois que c'est elle, là, le lieutenant de gendarmerie qui est censé nous réceptionner ?

– Étant donné que c'est le seul uniforme non estampillé SNCF dans le panorama, je dirai que oui, probablement.

– Lieutenant Lally Mande, confirma l'intéressée d'une approche immédiate.

– Vous ne ressemblez pas à votre nom, nota Alex qui avait l'œil.

– Je sais. Mais quand je suis née, mes parents ne pouvaient pas deviner que je ferais du 95 D.

CHAPITRE IX

Lally Mande passa la première de la fourgonnette bleu gendarme, déboîta avec volontarisme et, telle une truite dans l'eau claire, elle se coula sans souci dans le flux de la circulation.

Magnanime, Gribovitch ne jugea pas utile d'insinuer qu'avec un trafic d'une bagnole tous les soixante mètres environ, la manœuvre n'avait rien de spécialement compliqué.

– Vous avez envie d'aller où pour commencer, dans un premier temps ? s'enquit la chauffeuse en uniforme.

– Peut-être à notre hôtel, suggéra Alex. Histoire d'éviter de se trimballer nos bagages pour le reste de la journée.

– Vous pouvez les laisser dans la caisse. Ils ne dérangent pas, je vous assure. Trois bons mètres cubes de volume de charge, ça laisse de la marge. En plus, pour ce qui est de l'hôtel…

– Oui ? se méfia le méfiant.

– Dès qu'il a été prévenu que vous alliez débarquer, le colonel Chabert a offert de se charger de votre hébergement, mais vous savez ce que c'est : restrictions budgétaires à tous les étages. Ça fait que du coup, c'est moi qui hérite de vous. Vous allez loger chez moi. Ça ne vous dérange pas, j'espère ?

– À partir du moment où vous n'habitez pas un appart de fonction genre vingt-cinq mètres carrés bac de douche inclus, ça peut s'envisager.

– Non, non. Je loue une baraque de neuf pièces avec jardin potager et mare à canards. C'est un peu grand, pour une célibataire, mais bon. On en a, à la gendarmerie, des logements de fonction, mais personne ne les occupe. Vu le prix ridicule des loyers dans le secteur, autant prendre ses aises.

– Ça ira très bien, intervint Sophie. Vous la connaissez, cette Milène Hiome qui a découvert le cadavre ?

– Bien sûr. Je vous rappelle qu'avant que vous rameniez vos gros sabots de flics parisiens, c'est nous qui étions chargés de l'enquête.

– On ne fait qu'obéir aux ordres, on n'y peut rien.

– Y a pas de mal. C'était juste histoire de parler. De toute façon elle est pourrie, cette affaire. Alors autant que ce soit quelqu'un d'autre qui patauge à notre place. Vous voulez savoir quoi, à propos de cette fille ?

– Rien dans l'immédiat. Juste la rencontrer pour se faire notre idée par nous-mêmes. Les infos de seconde main, ça manque de fraîcheur.

– Bon, d'accord. Je peux vous conduire chez elle, si vous voulez. Normalement, elle devrait occuper l'usine avec le reste du personnel, mais depuis huit jours, avec ce qui est arrivé, elle préfère faire la grève à domicile. On l'a un peu aidée à faire ce genre de choix, remarquez. Moins elle fréquente de gens, moins elle aura tendance à raconter tout ce qu'elle a vu.

– Excellente stratégie, se lâcha Alex. C'est loin ?

– Quoi ?

– Chez elle.

– Non, non. C'est à cinq minutes, pas plus. De toute façon, dans ce trou, si vous roulez plus de dix minutes d'affilée, vous vous retrouvez en pleine campagne sans un foutu chat à l'horizon. Même sauvage.

– C'est bien ce que je craignais, marmonna le citadin invétéré.

– On y va, trancha Sophie…

– C'est là, se gara Lally Mande au bout de quatre minutes trois quarts. La maison jaune aux volets bleus. Avant, c'était chez ses parents, mais depuis qu'ils sont morts d'un accident de la route genre choc frontal avec une moissonneuse batteuse, c'est chez elle toute seule, vu qu'elle est fille unique. Vous voulez que je vous accompagne, ou je vous attends ici ?

– Ne nous dites pas qu'en plus de nous héberger, vous êtes chargée de faire le taxi pour toute la durée de notre séjour ! supputa Alex.

– Si. Le colonel y tient. Mais c'est pas du tout pour que je lui fasse mon rapport quotidien sur vos faits et gestes, hein. Vraiment pas du tout.

– Ben voyons, marmonna Sophie à son tour. On y va sans vous, sinon votre présence pourrait nous perturber dans notre façon de travailler.

– Pas de souci. En fait ça tombe bien, vu que j'ai un sudoku en cours sur mon téléphone. Niveau diabolique. Déjà trois jours que je transpire dessus.

CHAPITRE X

– Oui quoi ? s'entrouvrit la porte sollicitée d'un triple toquage faute de sonnette pour sonner.

– C'est au sujet de l'affaire, justifia Alex.

– Ah ouais ? douta un peu la jolie frimousse qui s'immisçait dans l'entrebâillement. Je savais pas que ça existait, des gendarmes en civil.

– L'enquête a changé de mains. Nous sommes policiers.

– De Paris, précisa Sophie histoire d'impressionner un peu.

– Mouais. N'empêche que la bagnole qui est garée de l'autre côté de la rue, c'est bien une camionnette de gendarmerie, quand même.

– Juste notre taxi. Le colonel Chabert est un adepte de la collaboration des services.

– Bon, je veux bien vous croire. Entrez…

– C'est coquet, chez vous, mentit Sophie en

s'asseyant à côté de son coéquipier sur un superbe canapé en skaï rouge et noir de la grande époque.

– Non, c'est moche et grave ringard, rétablit leur hôtesse la vérité depuis les profondeurs affaissées d'un fauteuil assorti. Mes vieux avaient des goûts de chiotte et ils se meublaient en farfouillant dans les vide-greniers. Mais comme ils sont morts et que j'ai pas de thune pour changer, je respecte leur mémoire en gardant tout ça. Oups, j'ai oublié ma politesse. Vous voulez une bière ? J'ai de la premier prix de chez Netto. Elle mousse pas terrible et elle sent un peu le poisson, mais bon, bien glacée, ça passe.

– Sans façon, déclina Gribovitch en catastrophe. Un petit café, par contre…

– J'ai que du Ricoré. Enfin, pas du vrai. Une imitation en promo.

– Tant pis. On est allergiques à la chicorée et de toute façon on n'a pas soif. Racontez-nous, s'il vous plaît.

– Quoi ?

– Votre version de la journée du crime, par exemple. Pour commencer.

– J'ai déjà tout raconté aux gendarmes, plusieurs fois. Et puis c'est pas une « version », juste la vérité vraie. D'ailleurs ils m'ont crue, vu qu'ils m'ont pas arrêtée.

– Toute vision particulière d'un événement est par définition une « version », jeune fille, car la subjectivité règne en ce bas monde comme sans doute en quelques autres. Cela dit, votre sincérité n'est pas en cause. Selon divers témoins, la couleur d'une voiture peut aller du blanc cassé au noir métallisé en passant par le jaune canari et le rose fuchsia, et tous sont prêts à jurer sur le Code de la route que c'est leur couleur qui est la bonne.

– De quelle voiture vous parlez ?

– C'était juste un exemple. D'autre part, quand une enquête change de mains, on reprend tout à zéro. C'est la règle.

– Pffff. C'est bien l'administration française, ça. Bon. Voilà. Ce jour-là, on faisait toutes piquet devant l'usine avec des feux de rebuts de baskets loupées et tout le bazar, comme d'hab depuis des semaines. Y avait aussi le patron, tous les cadres, les journalistes, le maire, le vice-président du Conseil général, le nouveau député et même l'ancien, vu que tout le monde nous soutient. La routine, quoi.

– Donc, intervint Sophie, monsieur Navait était présent lui aussi.

– Évidemment. Il a jamais loupé une journée de grève. À fond avec nous, qu'il était.

– Et ?

– Quoi, et ?

– Le déroulement de votre premier tête-à-tête du jour avec le DRH. Celui où il était encore vivant.

– C'est que… c'est un peu personnel, ça.

– Certes, mais vous avez dit vous-même que vous aviez déjà tout raconté plusieurs fois aux gendarmes. Alors une de plus ou de moins…

– C'est vrai, vous avez raison. Un moment, j'ai eu envie de faire pipi. Je pouvais pas aller aux toilettes de l'usine, parce que forcément, pour éviter qu'il se passe des choses en douce quand on aurait le dos tourné, on a cadenassé toutes les portes et on a perdu exprès les clés des cadenas. Alors j'ai fait comme d'habitude : je suis allée me cacher derrière un buisson, vu que c'est la campagne tout autour. J'ai baissé culotte et puis hop, je me suis aperçue que monsieur Navait était là. Plus tard, il m'a avoué qu'il m'avait suivie pour mater, histoire de tuer l'ennui. Faut dire que c'est chiant pour tout le monde, des journées à rien faire d'autre que de piétiner en beuglant des slogans à la con qui servent à rien. Enfin bref. Moi aussi je m'emmerdais. Alors pour passer le temps, je lui ai dézippé la braguette pour le sucer. Comme ça, sans penser à mal. Juste par solidarité entre grévistes. Sauf que…

– Sauf que ?

– Ça m'embête un peu, ce que je vais dire.

– Pourquoi ?

– Parce qu'il est mort. Il mérite pas ça.

– Mais encore ?

– Il bandait mou. Franchement très mou. Je lui

ai demandé s'il avait des soucis. Il m'a dit que oui mais rien de spécial, juste les mêmes que tout le monde rapport, à nos emplois. Alors je me suis mise toute nue parce que moi j'avais vraiment envie. Et comme la qualité de mon physique c'est grave de la bombe, il a bandé plus dur et il m'a bourrée. Pas seulement.

– Comment ça, pas seulement ?

– Il m'a aussi enculée. C'est moi qui lui ai demandé. J'aime bien les deux, alors pourquoi se priver ?

– Il n'y a effectivement aucune raison à ça, admit Alex. Excusez-moi, je vous ai coupée.

– Une fois qu'on a eu fini notre petite affaire, je me suis refringuée et j'ai rejoint les autres. Lui, il m'a pas suivie. Il était toujours pantalon sur les chevilles. Un peu sans réaction, quoi. Faut dire que les hommes, ça met toujours plus de temps à s'en remettre que les femmes, c'est bien connu. Enfin bon. J'y ai plus pensé jusqu'au milieu de l'après-midi. Là, tout d'un coup, je me suis rendu compte qu'il était toujours pas revenu et que son sac de pique-nique avait pas bougé du coin d'ombre où tout le monde met le sien à l'abri du soleil. Ça m'a paru bizarre. Alors je suis retournée derrière le buisson et je l'ai vu, raide mort, toujours cul nu, avec de la purée toute rouge à la place de… Enfin, vous voyez, quoi. J'ai failli hurler mais je me suis retenue. Je me suis dit que j'étais sans doute la dernière à l'avoir fréquenté vivant, et que ça allait me retomber dessus. Alors je suis rentrée directement chez moi, à pied. Le lendemain matin, je suis revenue l'air de rien pour le piquet, et c'est là qu'on m'a dit que les gendarmes avaient fait une battue pour le retrouver, vu que sa voiture avait pas bougé du parking ni son sac de pique-nique du coin d'ombre, et qu'il avait été assassiné. Par contre, personne avait l'air d'être au courant pour ce qui était arrivé à son intimité. Je me suis dit que les gendarmes préféraient garder ça pour eux et j'ai continué à me taire. Jusqu'au moment de l'interrogatoire de routine où je me suis écroulée. Après, ils m'ont conseillé de rester chez moi pour digérer tout ça tranquillement sans risquer d'être tentée de bavarder. Voilà. Ça vous va ? Je suis toujours innocente, ou pas ?

CHAPITRE XI

– Alors ? actionna Lally Mande le démarreur de la fourgonnette.

– Question mobilier et déco, ses regrettés géniteurs n'étaient pas au top du design post-moderne, referma Gribovitch la portière.

– Sans compter qu'ils lui ont légué de fâcheuses habitudes alimentaires, boucla Sophie sa ceinture. À la place du café, elle boit de l'imitation de Ricoré. Je me suis fait avoir une fois chez une vieille copine chômeuse, c'est franchement dégueu.

– C'est ça, foutez-vous de ma poire de petite fliquette de province, râla la gendarmette en faisant craquer la première.

– Son discours a tous les accents de la sincérité, rectifia Alex le tir. Y compris la spontanéité, ce qui n'est généralement pas le cas chez les suspects qui ont eu tout le temps de peaufiner leur version des faits aux petits oignons.

– C'est parce qu'elle est clean, tout simplement. Vous pensez bien que si on avait eu le moindre doute, on ne l'aurait pas laissée libre comme l'air dans la nature. C'est une brave fille, qui a eu la malchance de se trouver au mauvais endroit au mauvais moment. Point barre.

– Votre foi en la nature humaine est méritoire, mais quitte à vous la chiffonner un peu, notre longue et consternante expérience des bas-fonds de l'âme a fréquemment montré que, sous la défroque de sainte Nitouche, se cache trop souvent la perfidie d'une noirceur sans nom.

– Alors pour vous, elle hérite quand même du label « suspect » ?!

– On n'a pas dit ça, corrigea Sophie. Juste que par principe, on se méfie de tout et de tout le monde. Y compris de nous-mêmes, parfois.

– Pfff, vous êtes trop compliqués, les flics parisiens. Vous voulez aller où, maintenant ?

– À l'usine de godasses, trancha Gribovitch, vu qu'à première vue, il n'y a rien d'autre à visiter dans le secteur.

– Si, il y a l'église romane. Du tout début du XIIe siècle et entièrement d'origine, quand même.

– Je n'ai jamais rien compris à l'art roman. Culturellement, je suis foncièrement gothique. Sauf pour les piercings. Ça fait mal.

CHAPITRE XII

En plein cœur de la zone industrielle du bled, l'usine Sportshoes voisinait en tout et pour tout avec un atelier de sièges en rotin fermé pour cause de liquidation judiciaire et, un peu plus loin, avec celui d'une entreprise de rechapage de pneus de tracteurs dont les effectifs se limitaient à son créateur et à un apprenti en espoir de CAP, ce qui, une fois l'affaire dans le sac, lui permettrait de pointer au chômage des jeunes avec le minimum syndical de munitions décentes pour remplir les cases du formulaire.

Autant dire que si la délocalisation asiatique décidée par le groupe propriétaire de Sportshoes se concrétisait en dépit des protestations de tous acabits, ladite zone industrielle mériterait bientôt le qualificatif nettement moins honorable de friche, ce qui n'arrangerait pas vraiment les affaires de l'économie locale.

D'ailleurs la nature semblait avoir déjà capitulé

sous les coups de boutoir de la fatalité mondialisée, puisque les mauvaises herbes y poussaient un peu partout et en abondance.

Quant aux acteurs de la scénographie en cours, chacun tenait son rôle.

Trois filles en blouse alimentaient régulièrement les feux de joie en baskets loupées. Ça fumait noir et ça puait mauvais, mais bon, la tradition est la tradition.

D'autres agitaient des banderoles et beuglaient les slogans qui allaient avec.

Les cadres en costar se tenaient un peu à l'écart, histoire de manifester leur solidarité de destin compromis sans trop se mélanger quand même.

Les édiles du cru et représentants syndicaux plastronnaient à l'attention des médias locaux, voire nationaux, qui ne demandaient que ça pour alimenter leurs comptes-rendus du jour, dont l'audience se voyait évidemment boostée par le récent assassinat.

En périphérie, des gendarmes veillaient à la qualité de l'ambiance, qui pouvait toujours dégénérer.

Des corneilles survolaient tout ça en criaillant. De toute évidence, elles n'y comprenaient rien.

– C'est sinistre, commenta Alex depuis l'intérieur de la fourgonnette en allumant une Gitane blonde dans le courant d'air de la vitre ouverte. Ça me fait penser à un paysage de Mad Max après le soixante-douzième plan de renflouement des banques de la planète financé par des spéculateurs venus d'ailleurs.

– Bôh, vous avez tendance à broyer du noir, vous, nuança Lally Mande. Moi je trouve ça plutôt vivant et stimulant, dans le genre, toutes ces ouvrières qui se démènent pour essayer de sauver ce qui leur reste de pauvreté.

– Étant donné que c'est pas aujourd'hui qu'on va refaire la façade et les peintures du monde en perdition, trancha Sophie le délicat débat, je propose qu'on se pose la question cruciale du moment : est-ce qu'on débarque avec nos gros sabots en forme de carte tricolore, histoire d'essayer de repérer certaines réactions qui pourraient nous fournir l'amorce d'une piste, ou bien est-ce qu'on garde provisoirement nos distances ? Stratégiquement, ce sont deux options très différentes. Un choix s'impose.

– Moi, j'hésite, hésita Gribovitch. À cause des caméras et des micros. Les quarts d'heure de célébrité, c'est pas trop mon verre de bière.

– Hu-hu-hum, articula sommairement la gendarmette avec une ostensible ironie.

– Ça veut dire quoi, cette ironie ? remarqua Sophie à qui on ne la faisait pas.

– Votre histoire de gros sabots genre éléphant dans un jeu de quilles en forme d'effet surprise, ça n'a aucune chance de marcher. Le détail de la castration à dents nues n'a pas encore fuité, mais pour ce qui est de votre arrivée… Tout le monde est au courant. S'il y a ici quelqu'un qui aurait des raisons de s'affoler, il ou elle a eu tout le temps de se préparer à raser les murs en toute discrétion.

– Judicieuse observation, Mande, lâcha Alex sans regret.

– Merci, remercia la complimentée. Si je peux aider, moi, je demande que ça. On fait quoi, alors ?

– Il est quasiment l'heure de l'apéro, non, avec tout ça ?

– Ça ne va pas tarder, oui.

– Alors on va s'installer dans votre neuf-pièces avec mare aux canards et on se prend l'apéro. Demain est un autre jour et à chacun d'eux suffit sa peine.

CHAPITRE XIII

– Je ne vois aucun canard, dans votre mare aux canards, constata Gribovitch à l'improviste, confortablement installé dans un fauteuil en plastique sur un semblant de terrasse en gravier, tout en sirotant alternativement des gorgées de pastis bien frais et des bouffées de Gitane blonde.

– Je sais, promit Lally Mande. J'en ai jamais vu un seul depuis que je suis là. En fait je m'en sers de piscine, de cette mare. Elle manque un peu de profondeur pour faire autre chose que de barboter assise au fond, mais c'est rafraîchissant quand même, quand il fait chaud comme ces temps-ci.

– Votre conversation est passionnante, soupira Sophie qui avait préféré un porto-glaçons au pastis. Si on parlait un peu de Sportshoes, histoire de faire le tour de la question du contexte ? Si ma mémoire de ce que j'ai entendu ici ou là aux infos est bonne, la boîte s'appelait autrement, avant.

– Oui, confirma la bien renseignée : « la Fabrique de chaussures de sport », tout simplement, ainsi que l'avait baptisée son créateur dans les années 50. Au fil du temps, ça s'est mis à manquer un peu de modernité, forcément. « Sportshoes », c'était une idée de l'héritier qui a succédé à son père. D'ailleurs, dès que le nom a changé, la notoriété de la marque a explosé. D'où le rachat par un fonds de pension aux dents longues. Qui dit succès dit nécessité d'investissements lourds pour fournir à la demande. Maintenant, la famille d'origine s'en bat les steaks, de ce qui arrive. La vente leur a rapporté un max, ils coulent des jours oisifs quelque part en Italie, au bord de la mer. Sauf le vieux. Il est mort d'une crise cardiaque quand il a appris qu'il se retrouvait riche comme Crésus.

– C'est triste, un peu.

– Ouais mais c'est le progrès, paraît-il.

– Étrange, non, ce piquet de grève qui continue comme si de rien n'était malgré l'assassinat ?

– Ben oui mais bon. Dans les pays en guerre, des gens se font tuer tous les jours, et c'est pas pour ça qu'on arrête les guerres.

– Certes. Vous savez comment s'est développée cette solidarité de tout le personnel qui en a surpris plus d'un, de la simple ouvrière jusqu'au P-DG ?

– Le patron lui-même dit que ça s'est fait comme ça, au fil des années. La fierté collective du made in France, sans jamais transiger sur la qualité. Avec des prix de vente raisonnables, en plus. Comme quoi c'est possible.

– Mais ça n'a pas suffi aux actionnaires.

– Non. Ils exigent des dividendes à deux chiffres. Ceux de Sportshoes plafonnaient à 9,98% bon an mal an. Une misère, quoi.

– Quel genre d'homme était ce Jean Navait ? zappa Alex qui ne voyait pas trop l'utilité de se lamenter en chœur sur la voracité du système.

– Un DRH heureux de vivre son métier en faisant autre chose que de concocter l'une après l'autre des charrettes de licenciés. Hyper désabusé par la tournure récente des événements, donc. Marié sans enfants à une femme au foyer qui tue le temps en fabriquant des bijoux fantaisie au profit d'une association caritative. Le cadre supérieur moyen normal, quoi. Sauf pour les enfants. Statistiquement, il paraît que ces gens-là en font deux et demi en moyenne. Un problème de stérilité chez madame, d'après ce qui se dit. On n'a pas spécialement cherché à approfondir la question, vu qu'a priori ça n'avait pas d'intérêt majeur pour l'enquête.

– Comment a-t-elle réagi, quand elle a appris la nouvelle de son veuvage imprévu ?

– Mal.

– C'est-à-dire ?

– Dépression fulgurante. Elle a été hospitalisée

en clinique psy, à une cinquantaine de bornes d'ici. Elle navigue entre les moments d'hypersensibilité et d'apathie profonde. Un syndrome courant dans ces cas-là, paraît-il. Et encore on ne lui a rien dit pour l'instant au sujet de la mutilation, à elle non plus.

– J'en déduis qu'elle n'a fait l'objet d'aucun interrogatoire poussé.

– Jusqu'à nouvel ordre, c'est exclu. De toute façon ça ne servirait à rien. Les médecins sont formels : elle est complètement à côté de ses pompes.

– Des Sportshoes, je suppose ?

– Hin-hin-hin. Vous êtes du genre quasi désopilant, vous. Bon, avant de réfléchir à ce que je pourrais bien vous faire à bouffer, je vais faire trempette dans ma mare. Fait trop chaud. Si ça vous dit, y a de la place pour tout le monde et on risque pas de casser trois pattes à un canard, vu qu'il y en a pas.

Alex se gratta le bout du nez sous ses lunettes.

– C'est pour ça que vous êtes en train de vous déshabiller, là ?

– Tout à fait. En principe, j'évite de me baigner en uniforme.

– Et vous comptez les virer jusqu'à quel point, vos fringues réglementaires et celles plus personnelles qui sont en dessous ?

– Jusqu'à poil, évidemment. Je suis chez moi,

donc je me déshabille comme je veux. Si ça vous gêne, personne ne vous oblige à mater.

CHAPITRE XIV

Très ému par le pouvoir émotionnel de la saynète bucolique qui s'offrait à ses yeux attentifs, Gribovitch se servit un deuxième pastis et alluma une autre Gitane blonde, histoire de s'occuper les mains.

– Elle est en train de faire quoi, là, dans sa mare, d'après toi ? prit-il au débotté l'avis de Sophie, qui n'en manquait pas une miette elle non plus.

– Au niveau de l'activité de la main gauche, résuma celle-ci son point de vue, à mon avis elle se malaxe ses super nibards et ça lui fait du bien, vu son sourire un peu niais et l'érection massive de ses tétons.

– Ça, je l'avais remarqué, étant donné que ça se passe au-dessus de la flotte. Je te parle de ce qu'elle fait avec son autre main, la droite, sous la surface.

– Ah bon. Autant pour moi. Hum. Si je me fie à l'angle de son avant-bras et à ses mouvements alternatifs, je dirai qu'elle est en train de se branler comme une malade. D'ailleurs, peut-être bien que c'est plutôt ça qui lui fait du bien, finalement. Dans ce cas de figure, son malaxage de nichons ne serait alors qu'une activité complémentaire, assez couramment mise en œuvre dans ce genre de situation.

– C'est bien ce que je pensais moi aussi. C'est un peu impudique voire provoquant, comme comportement, non ?

– Si.

– Tu crois que d'une certaine façon, ça voudrait dire qu'elle nous invite à la rejoindre dans la mare pour un peu plus que de faire simplement trempette en sa compagnie ?

– J'en ai peur. Tu triques ?

– À mort. Et toi, tu mouilles ?

– À donf. Je suis carrément en train de ruiner ma petite culotte. Elle a deviné que je fonctionnais aussi bien à la voile qu'à la vapeur, d'après toi ?

– Si j'en juge par la façon dont elle a regardé ta façon de la regarder, tout à l'heure, j'en mettrais ma main au micro-ondes. On fait quoi ? On se débarrasse de cette formalité vite fait bien fait, histoire qu'elle ne tarde pas trop à passer aux fourneaux vu que j'ai une dalle d'enfer, ou bien on fait semblant de rien ?

– C'est notre destin, Gribo. Personne ne peut

lutter contre le destin.

– C'est sûr. Bon, on y va.

CHAPITRE XV

Gribovitch trempa un orteil, puis deux, puis le pied tout entier, et enfin l'autre pied, histoire d'assurer un équilibre à peu près correct de l'ensemble de sa carcasse sur le fond quelque peu fuyant de la mare.

Contrairement à ce qu'il avait supputé, la flotte était archi fraîche en dépit d'une exposition chronique au soleil d'été. Du coup, le choc thermique, par capillarité, lui remonta jusqu'aux grelots qui se contractèrent en réaction, avec pour effet secondaire une perte de rigidité de sa féroce bandaison, d'environ 17%, qui n'échappa pas à l'œil affûté de Lally Mande.

– Mouais, fit-elle la moue. Si vous commencez à baisser pavillon avant même l'engagement des hostilités, tout capitaine que vous êtes, elle risque de tourner court, notre petite bataille navale amicale entre amis.

– Simple reflux sanguin passager dû à la vasoconstriction provoquée par la fraîcheur aquatique, modéra-t-il l'incident. On pourrait peut-être s'appeler par nos prénoms et même se tutoyer, non, vu ce qu'on s'apprête à faire ?

– C'est vrai qu'intimité pour intimité, autant y aller à fond, admit la sollicitée. D'autant plus que moi, dans ces cas-là, j'adore quand c'est à fond. Ah, ça remonte déjà, je retire mes coupables insinuations. Je peux goûter ?

– Pas de souci.

– Swloap-shlurp. Mmm, pas mauvais. J'en ai sucé des plus fades que ça. Je peux branler un peu, histoire de finir de restaurer la vigueur du garde-à-vous ?

– Je ne me sens pas en droit de refuser, vu que de toute façon tu as déjà commencé. D'ailleurs tu branles très bien, à mon avis.

– Merci. Faut dire que j'ai commencé très jeune. Le premier que j'ai fait gicler à main nue, c'était mon cousin Pierrot, le jour de l'anniversaire de nos douze ans. On est nés le même jour.

– Splatch ! s'immisça Sophie en se laissant tomber les bras en croix. Putain c'est vrai qu'elle caille carrément, cette flotte ! commenta-t-elle l'événement.

– C'est parce que la mare est alimentée par une source qui coule en permanence, justifia la locataire des lieux sans cesser d'astiquer le membre en rut. Le trop-plein s'écoule délicatement dans le potager par une rigole creusée à cet effet. C'est super pratique parce que ça fait arrosage automatique, pour ainsi dire. Pas besoin d'y penser. Du coup, mes tomates, mes courgettes, mes haricots verts et tout ça, ils sont en pleine forme et j'en mange toute l'année, parce que je bourre le congélo. Enfin…

– Enfin quoi ? voulut savoir Sophie à qui l'étonnante fraîcheur de l'eau faisait l'effet exactement inverse à celui momentanément produit sur l'engin de son coéquipier : bandaison maximale de tétons parmi la chair de poule environnante.

– Enfin quand je dis que le trop-plein s'écoule délicatement, c'est en temps normal. Parce que là, ton éclaboussage, ça frise le tsunami massif. Ils vont être noyés, mes plants de tomates. Bonjour le mildiou.

– Serait-ce une manière à peine détournée d'insinuer que j'ai quelques kilos à perdre, là ?

– Pas du tout. J'adore tripoter mes semblables de même sexe quand c'est un peu potelé. C'est plus convivial, je trouve. Bien plus agréable en main qu'une bite d'homme toute dure, en tout cas. Mais bon, la nature c'est la nature et elle fait pas mal les choses, en général. Parce qu'une bite toute douce à tripoter mais toute molle, forcément, ça aurait beaucoup plus de mal à rentrer et ça nous ferait pas beaucoup d'effet, à nous les filles, faut bien dire.

– Rahahahhha ! s’oublia Gribovitch à cause du manège forcené et imperturbable du poignet de la gendarmette.

Ça gicla profus dans la flotte qui s’en trouva souillée, mais il n’y avait pas de poissons dans la mare pour faire le ménage.

CHAPITRE XVI

En fait si, il y en avait, des poissons dans la mare.

Au moins un, en tout cas.

Et c'était un poisson du genre coquin en diable, car il frétillait de la nageoire entre les cuisses de Sophie, et même un peu plus profond que ça, et ce n'était pas sans effet sur la compétence au bonheur de la propriétaire desdites cuisses, qui tutoyait les anges avec une allégresse non dissimulée.

Mais réflexion faite, ce n'était pas vraiment un poisson.

Ou alors un poisson mammifère du genre à grosses mamelles.

Et à sang très chaud.

Car ce n'était pas une nageoire qui frétillait, mais la langue de Lally Mande, qui s'en donnait à cœur joie.

Comme quoi il ne faut jamais se fier à sa première impression.

Sans compter qu'en général, les vraies limandes ont besoin d'une certaine dose de sel dans leur vie, sans quoi elles s'ennuient terriblement, ce qui leur interdit la plupart du temps de s'installer dans des mares d'eau douce.

Cette Lally Mande-là étant de surcroît galbée de partout – pas seulement au niveau du 95 D –, la confusion n'était guère possible.

C'était justement ce que se disait Alex en constatant d'un œil satisfait que son bazooka se rechargeait à grande vitesse.

Phénomène auquel l'activité de son autre œil n'était pas étrangère, étant donné qu'il était scotché au superbe derrière de la galbée, qui frétillait lui aussi, fier et conquérant, tandis que sa propriétaire à quatre pattes dans l'eau continuait de s'activer buccalement entre les muqueuses surchauffées de Sophie la léchée.

Aussi ne se fit-il pas prier pour honorer l'invitation tacite, et engouffra-t-il sans plus tarder ledit bazooka à fond d'arrière-train, tout en s'agrippant à deux mains aux hanches voisines afin d'asseoir son équilibre en vue d'un pilonnage aussi intensif que prolongé…

Les trois orgasmes simultanés qui conclurent

bientôt la frénésie commune déclenchèrent un tsunami nettement plus impressionnant que le premier.

Les tomates du potager ne s'en offusquèrent pas le moins du monde.

De toute façon elles étaient déjà toutes rouges.

CHAPITRE XVII

– Ratatouille de légumes du jardin, proposa Lally Mande qui n'avait pas jugé utile de se rhabiller. Il m'en reste une demi-cocotte, j'ai juste à réchauffer. Avec du poulet de ferme de mon voisin le plus proche. Ça vous va ?

– Quasiment du poulet basquaise, en somme, estima Sophie.

– C'est pas la région mais on peut dire ça quand même, si tu veux. Ça vous va, ou pas ?

– La ratatouille est déjà prête, OK, mais un poulet de ferme, ça met du temps à cuire, non ? s'inquiéta Gribovitch dont la petite trempette hyperactive avait considérablement aggravé la fringale.

– Pas ceux-là. Il est sympa, mon voisin. Je le suce un peu quand sa femme est partie faire les courses, et il me les donne tout rôtis et même découpés en morceaux. Y a plus qu'à réchauffer dans la ratatouille. C'est encore meilleur, vu que ça baigne dans le jus des légumes.

– C'est le genre d'arrangement qui frise la corruption d'honnête citoyen par agent dépositaire de l'autorité publique, ça, insinua Sophie d'un œil quasi réprobateur.

– Mais non, qu'est-ce que tu vas chercher ! C'est juste de la bonne entente de voisinage. Faut bien s'entraider, dans la vie.

– Et elle en pense quoi, sa femme ?

– Rien, vu qu'elle est pas au courant.

– Va pour le poulet-ratatouille réchauffé, alluma Alex une Gitane blonde. Un autre pastis, en attendant, c'est possible ?

– Non.

– Pourquoi ?

– Parce que tu as déjà fini la bouteille…

La ratatouille du jardin était succulente.

Le poulet de ferme du voisin aussi.

Le mariage des deux encore plus.

– En dessert, j'ai des fruits du potager, annonça Lally Mande une fois la demi-cocotte nettoyée jusqu'à l'os.

– On ne dit pas plutôt des fruits du verger, d'habitude ? supputa Sophie.

– Je confirme, confirma Alex.

– Peut-être, mais chez moi, les poiriers et les pêchers poussent au milieu des artichauts et des courgettes, et ils sont moins nombreux. On est en république, c'est la majorité qui gagne. Après le dessert, je pourrai éventuellement vous offrir une petite mignardise d'ordre potentiellement professionnel qui vous intéressera peut-être.

– Quel genre de mignardise ? se passionna soudain Gribovitch.

– Le genre qui n'est pas censé sortir du placard, normalement. J'ai dit « après le dessert » et on l'a pas encore mangé, le dessert.

– Bon, d'accord.

CHAPITRE XVIII

Les pêches étaient juteuses à souhait et il n'y avait pas de poires, car les poiriers du potager étaient d'une variété qui donne en automne, pas en été.

Contrairement à Milène Hiome, Lally Mande ne buvait pas de l'imitation de Ricoré mais du vrai café, lequel était tout à fait honnête et accompagnait fort bien la Gitane blonde digestive de Gribovitch.

Agaçante, la mignardise promise n'était toujours pas sortie de son placard à secrets.

– Hu-hu-hum, tenta de relancer Sophie.

– Hu-hu-hum quoi ? minauda la vicieuse.

– Rien. C'était juste un « hu-hu-hum » comme ça.

– Bon, d'accord, je lâche le morceau car compromis chose due. Jean Navait ne se contentait pas de bourrer une ouvrière de temps à autre pour donner un peu de chaleur humaine aux rapports de classes.

– Ah bon. Il était donc coutumier du fait ?

– C'est ce qui se raconte. Mais attention, rien à voir avec du harcèlement sexuel. Elles étaient toutes consentantes, a priori.

– Quand tu dis qu'il ne se contentait pas de ça, supposa Gribovitch, ça signifie bien qu'il culbutait de la chair fraîche plus compromettante ?

– On peut dire ça, oui.

– Quel genre de chair fraîche ?

– De la femme de notable, nettement plus jeune que son mari. Une relation qui durait depuis plusieurs années, apparemment. Tout le monde était au courant sans vraiment le savoir. Ils étaient très discrets. Jamais personne n'a pu les piéger en flagrant délit.

– Quel notable ?

– Le maire du bled, qui est par ailleurs propriétaire des murs de la clinique où la femme de Navait a été internée.

– Quand tu dis que tout le monde était au courant, tu l'englobes dans le constat ?

– Bien sur. Un maire de petite ville, ça sait tout ce qui se passe. D'autant plus quand ça le concerne directement

– Et la veuve, c'était aussi son cas ?

– Ça, pas sûr.

– Pourquoi cette réserve ?

– Juste une impression personnelle. Je la

connais un peu. C'est une naïve qui fait confiance à tout le monde. À commencer par son mari, forcément.

– Les potins lui sont forcément arrivés aux oreilles à un moment ou à un autre, observa Sophie.

– Sûrement, mais je vous l'ai dit : c'est une naïve. Ça ne décode pas les allusions comme tout le monde, les naïfs, ça vit dans sa bulle.

– Et tu penses que cette relation adultérine pourrait être liée au meurtre, c'est ça ?

– Aucune idée. Je vous donne juste une info que personne d'autre ne vous donnera, c'est tout. Le maire est quasiment un dieu, ici. Il en est à son cinquième mandat. Sauf que…

– Hu-hum ?

– Navait n'a pas seulement été tué. Je vous rappelle qu'on l'a délesté de ses bijoux de famille. Vous connaissez la formule : celui qui vit par l'épée périra par l'épée.

– Il n'est pas mort de ça, puisque la castration a eu lieu post mortem. Et ce ne sont pas les dents d'un mari jaloux qui lui ont sectionné tout son attirail, mais celles d'une femme.

– Je sais. Ce que j'en dis, moi, c'est juste pour essayer d'aider. Au fait.

– Au fait quoi ?

– Neuf pièces, ça fait pas mal de chambres, mais y en a que deux qui ont un lit. Dont la mienne.

Les autres, elles sont vides.

– Il y a toujours moyen de s'arranger, lorgna Alex du côté du canapé du salon.

– Il est raide comme la justice et en plus il fait pas clic-clac. Désolée. Pour un minimum de confort, soit vous dormez ensemble, soit y en a un de vous deux qui partage mon lit. Ça peut se faire en alternance, si vous voulez.

CHAPITRE XIX

Gribovitch s'étant sacrifié le premier pour la bonne cause, il s'était levé sur les genoux car Lally Mande avait passé les trois quarts de la nuit à lui pomper son énergie jusqu'à la dernière goutte, au sens propre comme au figuré.

Il s'était requinqué la santé grâce au pouvoir régénérant d'un grand café au lait accompagné de quatre tartines à la confiture de poire maison, le tout préparé par Sophie qui, contre toute attente, semblait avoir décidé d'être généreuse en tours de petit dèje.

Cela dit, leur règlement intérieur ne stipulait pas s'il était également valable pour les matchs en extérieur. Donc, un certain flou juridique régnait sur cette délicate question.

Leur hôtesse, quant à elle, ne s'était pas réveillée, sans doute piégée à l'insu de son libre arbitre par l'abus de dépense physique.

Du coup, ils avaient filé en douce sans oublier

de subtiliser les clés de la fourgonnette sur le guéridon de l'entrée.

Un taxi sans chauffeur, c'est plus pratique pour aller et venir à sa guise sans espionne de service sur le dos.

D'un commun accord, et en dépit des consignes de discrétion, ils avaient décidé de ne pas faire dans la dentelle : cuisiner direct monsieur de Maire sur les frasques de sa jeune épouse en compagnie du DRH décédé.

Et ce pour une raison toute simple : parfois, le style rentre-dedans est nettement plus efficace que la circonspection abusive.

CHAPITRE XX

– Bonjour madame-monsieur, promit la seule âme qui vive dans le hall d'entrée de la mairie, une jeune rousse de fort joli gabarit, assise derrière un semblant de guichet où elle s'occupait à tamponner l'un après l'autre les feuillets d'une liasse de paperasse, à l'aide d'un tampon conçu à cet effet. Vous êtes bien matinaux, aujourd'hui, je trouve.

– Bonjour mademoiselle, promit Gribovitch à son tour. La pertinence de votre réflexion aurait tendance à m'échapper un peu, étant donné que madame et moi-même, c'est la première fois que nous mettons les pieds dans ce temple local de la République.

– Faites pas attention. Je disais ça en général, pas spécialement pour vous. D'habitude, y a personne qui vient me déranger avant onze heures et demie du matin.

– Vous êtes l'hôtesse d'accueil, je suppose ?

s'enquit Sophie histoire d'établir un lien propice à la conversation.

– Si vous voulez dire que je suis payée pour ça, pas du tout. Je suis stagiaire gratuite. Normalement, mon stage d'été de fin de première année d'études, j'aurais dû le faire dans une entreprise agricole, vu que je suis en BTS Production végétale, mais c'est fatigant, de se lever comme les poules pour bosser dans les champs. Alors comme j'avais du piston, le maire m'a fait une fausse convention de stage, vu qu'il avait besoin de quelqu'un de gratuit pour juillet-août. Et vous, vous êtes qui, au fait ?

– Capitaines Leclerc et Gribovitch, policiers de Paris.

– Ah, c'est vous. Je savais pas encore à quoi vous ressembliez. Vous voulez quoi, si tôt le matin ?

– Rencontrer monsieur le Maire, justement. Je dois préciser que nous n'avons pas pris rendez-vous.

– Bôh moi je m'en fiche, si vous avez rendez-vous ou pas. Toute façon ça change rien, vu qu'il est pas là. Il met carrément presque plus les pieds à la mairie, depuis les événements de Sportshoes. Et encore moins depuis huit jours, si vous voyez ce que je veux dire.

– Ce que vous voulez dire, c'est depuis le jour de la mort de monsieur Navait, n'est-ce pas ?

– Évidemment, vu qu'il s'est rien passé d'autre de spécial ce jour-là. Après un truc pareil, y a encore plus de journalistes, forcément. Faudrait pas louper l'occasion de se faire de la publicité. Et en même temps…

– En même temps ? sentit Sophie poindre l'indiscrétion perfide.

– Une grève et un meurtre, quand on sait y faire, c'est super bon pour la pub d'un maire, et pourtant il a l'air hyper tracassé, pour le peu que je le vois. Remarquez que y a de quoi, faut bien dire. Quand l'amant de sa femme se fait trucider, on a bien le droit de se poser des questions qui font mal à la tête, pas vrai ? Mais bon, je dis ça je dis rien, hein. Peut-être que c'était que des bruits, après tout. Y a pas forcément d'anguille dans le feu quand ça fume sous la roche.

– Absolument, adhéra Alex. Je dirais même plus : ce n'est pas parce que l'anguille fume qu'il y a le feu au lac. Pas toujours, en tout cas.

– Ouais c'est sûr. Mais je savais pas que ça pouvait fumer, les anguilles, vu que c'est un poisson et qu'en principe ça manque de poumons pour attraper le cancer.

– Ça peut fumer quand même. Quand on les fait griller, par exemple.

– Ah ouais, vous avez raison. Si vous voulez le voir, le maire, essayez à l'usine. Il est sans doute là-bas, comme tous les jours.

– Merci pour ce précieux conseil, jeune fille.

– Pas de quoi. Faut bien que je serve à quelque chose, à l'occasion. Parce que là, ce que je suis en train de faire, c'est juste pour passer le temps. Ils sont périmés depuis trois ans, tous ces papiers, alors ça rime à rien de les tamponner.

CHAPITRE XXI

De loin, Sophie identifia, parmi ses troupes à distance respectueuse du piquet de grève, des épaulettes de colonel de gendarmerie qui ne pouvaient être que celles du colonel Chabert. Stratégique, elle suggéra donc à Gribovitch de se garer sans avancer plus avant, histoire que ledit colonel ne pût s'apercevoir que Lally Mande faisait coupablement défaut au volant de la fourgonnette, ce qui risquait de nuire au matricule de la gendarmette. Soucieux de ne pas causer de souci à une hôtesse aussi accueillante, Alex obtempéra sans discuter…

– Colonel Chabert ?

– Tout à fait.

– Capitaine Leclerc. Et voici mon coéquipier le capitaine Gribovitch.

– Ah, c'est donc vous. Excusez-moi de ne pas

être allé moi-même vous accueillir au train, j'étais très occupé.

– C'est tout à fait compréhensible. Le lieutenant Mande a été à la hauteur de la situation, je vous rassure.

– Vous en êtes donc satisfaits. C'est bien.

– Vous n'auriez pu mieux choisir. Nous lui avons demandé de rester dans la camionnette. Il n'est pas indispensable qu'elle nous colle aux semelles comme un chewing-gum à son ombre, n'est-ce pas ?

– Absolument, concéda le colonel en toute mauvaise foi. Qu'est-ce qui vous amène ici ? À l'usine, je veux dire. Vous êtes déjà venus hier avec le lieutenant Mande. Je n'étais pas présent moi-même, mais on me l'a dit.

– Notre enquête, bien entendu, puisque vous ne l'avez pas menée à terme et que nous en avons hérité. Hier, nous avons préféré garder nos distances. Aujourd'hui, nous resserrons un peu le point de vue. C'est une stratégie qui en vaut bien une autre, non ?

– Si vous le dites. Vous souhaitez que je réponde à certaines questions qui éventuellement vous taraudent, c'est ça ?

– Pas du tout, intervint Alex en allumant une Gitane blonde. On veut juste faire connaissance avec le maire du bled, et comme on ne sait pas à quoi il ressemble, on compte sur vous pour nous dire qui c'est, au cas où il serait là.

– Ah, seulement ça ?

– Oui, seulement.

– Il est bien là, en effet. Mais… non, je ne le vois pas. Je suis pourtant certain qu'il était là dès l'arrivée de l'équipe de jour des grévistes. D'ailleurs sa voiture est toujours garée sur le parking. C'est bizarre. Attendez, j'envoie quelqu'un pour se renseigner…

Huit minutes plus tard, le gendarme Ry, prestement délégué en mission de reconnaissance, revenait la queue basse et le képi perplexe.

– Personne ne l'a vu depuis plus d'une heure et demie, penauda-t-il. La dernière personne qui l'a aperçu, c'est une ouvrière. D'après elle, il était en train se s'éloigner vers là-bas. Sans doute pour aller se vider la vessie derrière un buisson comme tout le monde le fait, puisque les toilettes de l'usine sont inaccessibles.

Ça fit un gros tilt simultané dans la cervelle de Gribovitch et de Sophie. Mais aussi dans celle du colonel Chabert, de toute évidence.

– Vous avez bien dit par là-bas ? demanda-t-il confirmation à Ry.

– C'est ça, confirma celui-ci. Par là-bas en gros, évidemment. La fille a pas trop su préciser…

Le maire avait triste allure, raide mort et tout nu avec de la purée de viande entre les cuisses.

– Tu cogites comme moi ? murmura Sophie à l'attention de son coéquipier, tous deux penchés sur le cadavre.

– Ouais. D'abord l'amant, maintenant le mari de la maîtresse de l'amant. Ça sent la punition radicale de tous les mâles sexuellement proches de ladite maîtresse. Il faut qu'on en ait le cœur net.

Alex se redressa.

– Comme on ne voudrait pas abuser de notre parachutage forcément abusif, flatta-t-il le colonel Chabert, on vous laisse gérer tout ça. Y compris la localisation de son portable et les fadettes des derniers appels, si ça ne vous dérange pas. Il l'avait forcément sur lui avant que l'assassin ne l'embarque avec toutes ses fringues. Nous, on a une course urgente à faire.

CHAPITRE XXII

– Alors ? s'impatienta Sophie sur le siège passager de la fourgonnette.

– Je peux pas aller plus vite que la musique, s'énerva Gribovitch sur son smartphone. Je capte pas en 3G, ça rame. Ah, c'est bon. Une seule clinique psy dans le secteur. À une cinquantaine de bornes, ça correspond.

– Alors qu'est-ce que tu attends pour démarrer ?

– J'enclenche d'abord le GPS, vu que j'ai aucune idée de la route.

– L'objection est recevable, mais magne-toi quand même.

– Ça y est. C'est parti.

La première craqua encore plus fort que quand c'était Lally Mande qui la faisait craquer.

– Tu crois que c'est possible, ça, Gribo ? Ce serait énorme, quand même.

– J'en sais rien. De toute façon, soit elle est encore là-bas, soit elle n'y est plus. Ça fera le tri, dans un premier temps.

– Fais gaffe, bordel, tu vas te manger le trottoir !

– Trop tard. On n’a pas crevé, apparemment. C’est du costaud, les pneus de camionnette de gendarmerie.

CHAPITRE XXIII

La clinique était rurale mais coquette. Une petite perle d'architecture hors de prix dans un écrin de verdure joliment jaunie par le soleil de sud-Loire qui avait tendance à faire des heures sup, ces temps-ci.

– On veut voir le psy-chef de cet établissement, se jeta Gribovitch sur la première blouse à portée de carte tricolore dans le hall gorgé de lumière du jour.

En l'occurrence, c'était la blouse d'une infirmière qui passait par là.

– Eh-là vous m'avez fait peur, se plaignit-elle du tac au tac. Du coup, j'en ai respiré trop fort et ça a fait sauter mes deux boutons du haut. On voit mes tétons, maintenant. Je n'ai rien contre les fantasmes d'infirmières toutes nues sous leur blouse, vu que je suis du métier, mais bon, c'est un peu gênant, quand même.

– C'est pas grave, ils sont très jolis, vos tétons,

nuança Sophie l'ampleur de l'incident. Vous pouvez nous conduire ?

– Où ça ?

– Jusqu'au psy-chef. Mon équipier vous l'a beuglé assez fort, non ?

– Si. C'est une urgence policière majeure, je suppose, vu que d'après la carte que monsieur m'a collée sous le nez, vous êtes policiers ?

– Absolument.

– Bon. Suivez-moi.

CHAPITRE XXIV

Avachi sur le siège en cuir du bureau en acajou de son cabinet de consultation, le docteur Iléma Bouhl, un superbe black qui, une fois déplié, devait bien mesurer dans les un mètre quatre-vingt-quinze au garrot, avait le sourcil chagrin.

– Madame Navait est-elle toujours là ? attaqua Gribovitch sans préambule superflu.

– Oui, à sa façon, répondit le psy d'une voix un peu fêlée.

Les deux équipiers échangèrent un bref regard, un chouia déçus.

Le « à sa façon » de leur interlocuteur les étonnait un peu, par ailleurs. D'un processus intellectuel partagé, ils s'imaginèrent que Bouhl avait voulu dire qu'elle était là sans l'être vraiment, du fait de son état de santé mentale calamiteux.

Ils avaient tort.

Mais ils ne le savaient pas encore.

Alex insista, pugnace.

– Vous dites qu'elle est là, d'accord, on n'a aucune raison de vous contredire sur ce point. Mais puis-je vous soumettre un scénario dont nous souhaiterions éprouver la crédibilité à l'aune de votre jugement cousu de diplômes de haut vol ?

– Faites, je vous en prie.

– Une patiente telle que la veuve Navait pourrait-elle avoir simulé la dépression au point de tromper le diagnostic des plus éminents spécialistes, dont vous faites forcément partie ?

– Ce cas de figure est extrêmement improbable mais pas impossible, en effet. Il y a des signes cliniques liés à ce type de dépression. Des signes d'ordre métabolique, identifiables et mesurables en laboratoire. Cependant, un simulateur de très grand talent, qui pousserait la performance jusqu'à s'autopersuader qu'il est vraiment malade, pourrait en quelque sorte tromper son propre organisme, induisant ainsi les modifications métaboliques en question. C'est rarissime, mais ça s'est déjà vu.

– Hu-hum. Poussons le raisonnement un peu plus loin, si vous le voulez bien.

– Je veux bien. Poussez, capitaine.

– Il serait donc tout à fait envisageable que madame Navait, simulant à merveille un état de choc consécutif à la mort tragique de son mari qu'elle aurait elle-même assassiné pour cause de jalousie criminelle, et sachant par ailleurs qu'elle serait inévitablement hospitalisée dans votre établissement qui est le seul du genre dans la région, ait pris des dispositions préalables pour disposer d'un véhicule à proximité, véhicule qu'elle aurait utilisé ce matin pour commettre un deuxième meurtre, à savoir celui du mari de la maîtresse de feu son époux, ruinant ainsi la vie affective et sexuelle de cette coupable jeune femme, pour ensuite revenir ni vu ni connu à la clinique, où personne ne se serait aperçu de son absence d'environ une heure et demie, deux heures tout au plus.

– Absolument, mais en aucun cas les choses n'ont pu se passer telles que vous les envisagez, je vous l'assure.

– Pour quelle raison, s'il vous plaît ?

– D'un strict point de vue matériel, c'est incompatible avec les lois de la physique.

– Mais encore ?

– Je vous ai dit que madame Navait était toujours là… à sa façon, n'est-ce pas ?

– Tout à fait.

– Si je vous ai dit ça, c'est parce que seule son enveloppe charnelle est encore en ces lieux. Elle est morte.

– Gh…

– Oui. Désolé.

– Morte de quoi ? voulut savoir Sophie.

– Elle s'est suicidée. Ce matin au lever, elle semblait aller beaucoup mieux. C'était inespéré.

Elle a même demandé à l'infirmière de service si elle pouvait se rendre utile aux cuisines, sous prétexte que dans sa vie de tous les jours, quand ça n'allait pas très bien dans sa tête, cuisiner lui était une activité salutaire, quasi thérapeutique. Nous n'avions aucune raison de lui refuser cet expédient, bien au contraire. C'est là qu'elle a commis l'irréparable. Aux cuisines, dont elle n'a pas bougé de toute la matinée.

– Comment ?!

– Une fois par mois, nous bafouons outrageusement les règles les plus élémentaires de la diététique en offrant à nos patients les moins fragiles le plaisir de déguster des frites au déjeuner. Nous avons pour cela investi dans un modèle de friteuse exagérément surdimensionné mais qui jouissait d'un tarif promotionnel imbattable. Le bac fait trois cents litres. Elle a plongé dans l'huile bouillante. Une horreur.

CHAPITRE XXV

Le bureau de fonction du colonel Chabert était nettement mois design que celui du docteur Bouhl : un parallélépipède rectangle massif, qui mariait le métal peint en gris et le mélaminé beige sans la moindre recherche esthétique.

Cela dit, c'était un meuble fonctionnel avec des tiroirs et tout ce qu'il faut, donc largement suffisant pour remplir son office.

– Ce suicide inopiné est fâcheux, réagit Chabert au récit circonstancié du résultat calamiteux de la petite expédition à la clinique. Elle réduit à néant votre hypothèse qui était certes hardie, mais qui aurait eu l'avantage, en cas de confirmation, de résoudre définitivement cette pénible affaire. Avec quelques menus inconvénients au niveau de la moralité publique dans notre petite ville qui n'aspire qu'à une saine tranquillité, c'est sûr, mais bon, c'est la vie.

– La scène de crime, ça a donné quoi ? zappa

Gribovitch qui ne voyait pas l'utilité de s'attarder à commenter une fausse piste.

– Rien. Aucun indice. Pas même un semblant de trace de pas. Avec cette sécheresse qui persiste, le sol est trop dur. D'après les premières constatations, la mort est due à la même cause que pour Navait : rupture des cervicales. Les prélèvements sur le corps révéleront probablement un ADN identique au niveau du carnage génital, mais ça ne vous avancera pas beaucoup, puisqu'on ignore à qui il appartient.

– Avant de savoir, en général, on ne sait pas, minimisa Sophie le pessimisme du propos. Le portable du maire et les fadettes y afférentes ?

– Localisation impossible, l'appareil a été neutralisé. Quant aux appels reçus ou passés, rien de suspect à part le dernier, dont la source était un portable à carte prépayée, donc non traçable. S'il émane du meurtrier ou de la meurtrière pour attirer la victime sur les lieux de son forfait, toutes les précautions ont été prises, donc. Cependant, un détail me chiffonne.

– Lequel ?

– La disparition des vêtements. Ce n'était pas le cas, la première fois.

– La première victime n'était pas d'un rang aussi prestigieux que la seconde, hasarda Alex. Peut-être une façon symbolique d'appuyer sur le fait que face à la mort, le roi est nu comme tout un chacun, allez savoir.

– Hum, possible. C'est vrai que nous sommes bien peu de chose. Le lieutenant Mande vous attend toujours au volant de la camionnette ?

– Euh… oui.

– C'est étrange. Cette gendarmerie est tout de même son lieu de travail, ou pour le moins sa base. Ne serait-ce que par réflexe conditionné, j'estime qu'elle aurait dû vous accompagner, quitte à attendre l'issue de cette entrevue en compagnie de ses collègues de service.

– Elle avait un sudoku en cours sur son téléphone. Niveau diabolique. Le genre qui exige une énorme concentration, donc de la solitude.

– Ah bon. Ça explique, en effet.

CHAPITRE XXVI

Lally Mande, sans doute soucieuse de ne pas gaspiller un temps précieux, s'occupait consciencieusement à se dorer la pilule, rigoureusement à poil sur un transat du même métal que ses fauteuils de jardin en plastique, à proximité de sa mare aux canards sans canards.

Malgré le bruit du moteur diesel, elle ne bougea pas d'un poil quand la camionnette se gara à portée d'oreille. Gribovitch et Sophie en déduisirent qu'elle faisait la gueule, ce qui ne les surprenait pas outre mesure.

Ils décidèrent donc de crever l'abcès sans plus tarder, car sinon, ça risquait de virer à la gangrène quasi irrécupérable…

– Ça baigne, la vie ? essaya Sophie à titre d'entrée en matière.

– Si ça baignait, rétorqua la fâchée à juste

escient, je serais dans l'eau. Faut t'acheter des lunettes comme le grand machin chauve qui te sert de coéquipier. Parce que là, je te signale que je suis pas en train de faire trempette, mais bronzette, au cas où tu t'en serais pas aperçue.

C'était mal parti, apparemment.

– Tu ronflais avec un tel niveau de béatitude que j'ai pas eu le cœur de te réveiller, tenta piteusement Alex à son tour.

– Ben voyons. Vous vous rendez compte de ce qui me pend au nez, au moins, si le colonel apprend que je vous ai laissé vaquer à votre guise sans vous coller aux fesses ? Au placard, qu'il va me mettre, ça fait pas un pli. Genre enregistrement des plaintes de vol de mobylette et autres joyeusetés. J'ai besoin de grand air, moi, pour m'épanouir. Le cul sur une chaise à longueur de journée, je supporte pas.

– Aucun risque de ce côté-là, s'engouffra Sophie dans la brèche. On sort justement de son bureau, et il croit que tu nous attendais au volant pour finir ton sudoku.

– C'est sûr ?

– Et certain.

– Ouf, je me sens mieux. J'ai failli essayer de vous retrouver en moto, vu que j'ai pas de voiture. Mais tout le monde la connaît, ma moto. Ça serait forcément arrivé aux oreilles de Chabert que j'étais pas dans la camionnette avec vous. Alors j'ai préféré prendre mon mal en patience et vous attendre ici. J'ai eu le nez fin, sur ce coup-là.

– Tu l'as fin et très joli, comme beaucoup d'autres parties de toi-même, flatta Sophie histoire de finir de recoller les morceaux. Ça t'intéresse, les dernières péripéties du moment ? Parce que depuis qu'on t'a abandonnée en pleine grasse mat', on a eu la dose et c'est du gratiné.

– Évidemment, que ça m'intéresse, bougea Lally Mande enfin un téton, puis l'autre, et tout le reste de son appétissante carcasse afin de se retourner sur son transat et sur le ventre…

– Putain oui, pour du gratiné, on peut dire que c'en est, confirma la gendarmette à l'issue du récit. Le maire, carrément, j'y crois pas !

– Et ça t'inspire quoi, comme commentaire, à part ça ? s'enquit Alex.

– Ben que le meurtre du mari de la maîtresse dans les mêmes conditions que celui de l'amant, ça aurait pu être chaud pour les abattis de la femme de l'amant. Mais comme ça peut pas être elle la coupable – au moins pour le maire – vu qu'elle a pas bougé des cuisines de la clinique avant de s'offrir un bain d'huile bouillante, ça fait que la piste du mobile passionnel à cause de l'histoire de fesses que je vous avais racontée, elle tient plus du tout la route, maintenant.

– Les grands esprits se rencontrent, soupira Sophie, étant donné que l'un dans l'autre, on en était arrivés à la même conclusion.

– Ben ouais, dommage. Sauf que…

– Oui ?

– Ben… je sais pas, mais… peut-être qu'elle tient encore la route quand même. On peut très bien faire tuer les gens qu'on a envie de tuer par quelqu'un d'autre qu'on paye pour ça, pas vrai ? Sans compter que ça n'empêche pas de se suicider. On est tranquille, quand on est mort. Plus de jalousie, plus de souffrance, plus de remords. Plus rien.

– Un peu tiré par les cheveux, estima Alex. Une tueuse à gages rompue à la technique du dévissage de cou, c'est possible. Mais j'ai un peu de mal à imaginer une professionnelle pousser le bouchon jusqu'à arracher le service trois-pièces de ses cibles avec les dents, même dans le cadre d'une mise en scène destinée à tromper les flics. D'autant plus que les pros ne laissent jamais traîner leur ADN sur une scène de crime. De nos jours, c'est le B.A.-BA du métier.

– Ah, j'avais pas pensé à ça. Faut dire que j'ai pas votre expérience, non plus, à mon âge.

– Je suis beaucoup plus jeune que Gribo, tint à rappeler Sophie.

– Je l'avais remarqué, t'inquiète pas. C'est vrai qu'en disant ça, c'est surtout à lui que je pensais.

Vous comptez faire quoi, maintenant ?

– Rendre visite à la deuxième veuve de la série : celle du maire. Prise à chaud, si elle est mêlée à tout ça d'une manière ou d'une autre, elle peut craquer. Si on la laisse refroidir, ce sera plus compliqué.

– OK. Je suis prête dans cinq minutes.

– On tenait à repasser par ici pour te mettre au courant, signala Alex, mais ça ne t'oblige pas à recommencer à nous coller aux baskets.

– Si. Une faute professionnelle par jour, ça suffit à mon palmarès. D'ailleurs, pour finir de vous faire pardonner, vous pourriez peut-être éviter de me laisser poireauter dans la caisse, cette fois.

– Tu l'as terminé, ton sudoku niveau diabolique ? biaisa Sophie.

– Non, pas encore, se fit avoir la gendarmette.

Elle percuta malgré tout, avec un léger temps de retard.

– Merde ! faites chier, vous deux.

CHAPITRE XXVII

– C'est là, promit Lally Mande en serrant le frein à main.

– Le château au bout de l'allée derrière la grille en fer forgé, tu veux dire ? demanda Sophie avec précision.

– Ben forcément, vu qu'il y a pas d'autre maison dans le panorama.

– Il se mouchait pas dans du papier journal, le maire, dis donc.

– Ben ouais. Y en a qui sont nés plus égaux que d'autres, comme disait l'autre. Il était riche de naissance. Sans compter que d'investir dans de la pierre genre clinique de luxe et compagnie, ça fait bien fructifier le patrimoine de départ. Y a deux possibilités.

– Pour faire grossir un patrimoine ?

– Non : pour entrer. Soit on sonne pour que quelqu'un déclenche l'ouverture électrique de la grille, et je vous conduis jusqu'au bout de l'allée.

Ça vous évitera deux cents mètres de marche à pied. Par cette chaleur, c'est toujours ça de pris.

– Ça n'en fait qu'une.

– Une quoi ?

– Une possibilité.

– Ah ouais, c'est vrai. La deuxième, c'est de passer par la petite porte à droite de la grille. Elle est jamais bouclée. Les emmerdeurs genre vendeurs au porte-à-porte ou témoins de Jéhovah, ils viennent pas jusqu'ici, c'est trop paumé.

– Option n° 2, trancha Alex. Ça fait un bail que je me suis pas tapé un jogging de deux cents mètres dans le parc d'un château.

– Il est vraiment sportif à ce point-là ? s'enquit la chauffeuse alors que le courageux était déjà sorti de la camionnette pour allumer une Gitane blonde censée lui fournir le carburant nécessaire à l'effort envisagé.

– Pas du tout, la détrompa Sophie. C'est stratégique. Quand on déboule chez quelqu'un sans même s'annoncer par un coup de sonnette, c'est encore mieux pour l'effet « à chaud ».

– Ah bon ?

– Je t'assure.

CHAPITRE XXVIII

– Bonjour, souhaita une superbe fausse blonde d'environ vingt-huit ans et demi.

– Bonjour, souhaita Gribovitch en retour. Vous nous avez vus venir, je suppose ?

– Pourquoi vous me demandez ça ?

– Parce que vous avez ouvert la porte avant qu'on ait eu le temps de frapper. Normalement, la chronologie de ce genre de chose, c'est dans l'autre sens.

– Vous, vous avez celui de l'observation, bravo. La petite porte à côté de la grande grille n'est jamais fermée, mais ça n'empêche pas d'avoir des caméras de surveillance, quand on est riche. Donc la réponse est oui : je vous ai vus venir.

– Vous êtes bien madame Hique ? s'assura Sophie.

– Tout à fait. Excusez-moi si je ne suis pas très en beauté pour vous recevoir, à cause de mes traits un peu tirés, mais ce matin, mon pauvre Arsène s'est fait sauvagement assassiner. On a beau dire, ce genre de nouvelle, ça a tendance à enlaidir les veuves.

– Pour vous enlaidir vraiment, il faudrait au bas mot qu'un génocide familial vous laisse quasiment seule au monde, promit Alex.

– Merci, c'est gentil. Vous êtes qui, au fait ?

– Alexandre Gribovitch, capitaine de police.

– Sophie Leclerc, capitaine aussi.

– Ah, je comprends : vous êtes les deux policiers de Paris dont le colonel Chabert m'a parlé tout à l'heure.

– C'est ça.

– Moi, c'est Martine.

– Vous êtes donc Martine Hique, épouse endeuillée d'Arsène Hique, le maire déjà regretté de cette charmante bourgade, récapitula Alex.

– C'est un excellent résumé de la situation, en effet. Mais entrez donc, s'il vous plaît. Il fait plus frais à l'intérieur, le château est climatisé…

Priés de prendre leurs aises sur l'un ou l'autre des canapés d'un salon à peu près aussi vaste qu'un stade pour concert de Johnny Hallyday, les deux équipiers eurent la surprise de voir débouler la maîtresse de maison, qui s'était absentée une huitaine de minutes, en poussant elle-même un chariot lesté d'une bonne demi-douzaine de bouteilles de jus de fruit.

– Ça nous rafraîchira un peu, promit-elle. Je trouve que la climatisation a tendance à ramer, aujourd'hui.

– Vous n'avez pas de domestiques pour pousser les chariots, dans une aussi impressionnante demeure ? s'enquit Alex.

– Si, mais cette année, je leur ai demandé de prendre leurs congés tous ensemble. Ça me permet de respirer un peu. C'est étouffant, vous savez, d'avoir sans arrêt du personnel dévoué sur le dos. Orange, papaye, ananas, pomme, fraise des bois, melon de Charente-Poitou ? Je vous fais un savant mélange à ma façon, si vous voulez.

D'un hochement de tête commun, les indécis optèrent pour le mélange.

– Vous avez l'air de tenir le coup, nota Sophie sans trop de difficulté.

– Par rapport à quoi ?

– Au meurtre sordide dont votre mari vient d'être la victime.

– Ah. Oui, ça ira. Contrairement à l'épouse de mon pauvre amant, je suis une femme solide, rassurez-vous. On ne lui a rien dit, pour la mutilation, mais moi, j'étais au courant. Mon mari ne savait pas tenir sa langue, quand je lui posais des questions indiscrètes. Le pauvre chéri. S'il avait su qu'il allait subir le même sort…

– Justement : en très peu de temps, vous venez

de perdre les deux hommes de votre vie dans des conditions aussi épouvantables qu'analogues. Ça fait beaucoup, non ?

– Ça fait seulement deux. Je dirai donc que le terme « beaucoup » est abusif, dans un tel cas.

– Est-ce une façon de nous révéler à demi-mot qu'il y a d'autres hommes dans votre vie ?

– Des tas. J'ai énormément d'appétit.

– Des relations aussi durables que celle que vous entreteniez avec Jean Navait ?

– Non, non. Je papillonne au gré des occasions. Jean, c'était un cas à part. Il était très amoureux de moi, je n'avais aucune raison de lui faire de la peine en lui demandant de se contenter de sa chère épouse et des ouvrières de l'usine qu'il lutinait de temps à autre.

– Votre mari était au courant de vos appétits multiples ?

– Bien sûr. Et comme ce n'était pas un surhomme capable de les satisfaire à lui seul, ça ne le dérangeait pas, bien au contraire. Comme vous n'allez pas manquer de me poser la question, sachez qu'il n'avait pas d'enfant de ses deux précédents mariages, aucun frère et sœur, et que ses parents sont morts depuis longtemps. Je suis donc son unique héritière. Un excellent mobile, n'est-ce pas ? Du moins pour ce crime-là. Parce que pour Jean, j'ai beau réfléchir, je ne vois aucune raison qui m'aurait poussée à désirer sa mort.

– Puisque vous abordez le sujet, approfondissons : vous avez un alibi, pour ce matin ?

– Absolument pas. Je n'ai pas bougé d'ici mais j'étais seule, puisque les domestiques sont en vacances. Insinueriez-vous par là que le meurtre de Jean, quel qu'en soit l'auteur, m'aurait donné des idées d'imitation pour me débarrasser de mon mari ?

– Ça c'est déjà vu. En tant que professionnels méticuleux, nous ne pouvons pas nous permettre d'évacuer d'emblée une telle possibilité.

– Bien sûr, et c'est tout à votre honneur. Vous savez quoi, capitaine Leclerc ?

– Non.

– Le parc du château est magnifique. Au cas où il vous viendrait à l'idée de me laisser en tête-à-tête avec votre charmant coéquipier à la mâle calvitie pour aller en profiter à votre guise, il n'est pas impossible que je puisse lui susurrer quelques informations à l'oreille, éventuellement utiles à la bonne marche de votre enquête.

– J'ai toujours adoré traînasser dans les allées ombragées des parcs de châteaux, termina Sophie vite fait son verre de jus de fruit.

– Je ne suis pas systématiquement partisan de ce genre d'entretien, prétendit Gribovitch.

– Mais si, vous verrez, minauda la châtelaine : avec moi, c'est toujours un plaisir, paraît-il.

– Je ressors par où, pour aller dans le parc ?

demanda Sophie. Il est grand, ce château, je risque de me perdre.

– Couloir à droite, jusqu'au bout, et vous tomberez sur une grande porte vitrée à petits carreaux, l'informa Martine Hique tout en commençant à déboutonner son magnifique chemisier en soie sauvage du Japon. De l'autre côté de la porte, c'est dehors. Pour les allées ombragées, vous n'aurez que l'embarras du choix.

CHAPITRE XXIX

– Je vous plais ? espéra la veuve. C'est mon papa et ma maman qui m'ont faite.

Histoire d'offrir tous les éléments nécessaires afin que Gribovitch pût répondre en connaissance de cause, elle pivota plusieurs fois sur elle-même en tenue d'Ève, car en deux temps trois mouvements, elle avait giclé toutes ses fringues y compris son soutif et sa petite culotte.

– Ils ont très bien travaillé, admit le consulté. L'harmonie des proportions est quasi parfaite, et les diverses proéminences que vous arborez ici ou là sont férocement alléchantes.

– C'est du langage codé pour me faire comprendre que vous avez envie de les lécher, mes proéminences ? supputa la perspicace.

– Pas si codé que ça, en fait. Mais je vous rappelle quand même que c'est vous qui avez commencé, pas moi.

– Bah on va pas se mettre à jouer à c'est-celuiqui-dit-qui-y-est, non plus. On a passé l'âge. Surtout vous. Et puis bon, hein, les proéminences, y a pas que ça, dans la vie.

– Vous pouvez préciser votre pensée, s'il vous plaît ?

– Y en a d'autres, des trucs qui aiment bien se faire lécher. Des trucs pas du tout proéminents. Ou alors si, un peu, mais comme ils sont cachés bien au chaud dans des replis et tout et tout, ils dépassent pas vraiment, à première vue.

– Pourquoi vous en parlez au pluriel ? Vous en avez plusieurs ?

– Non, non, je suis normale, j'en ai qu'un. Je parlais en général, genre si tous les clitos du monde se donnaient la main. Bon, moi je suis toute offerte nue comme pas deux, là, mais vous, vous êtes encore habillé. Montrez-moi donc votre grosse matraque, pour commencer.

– C'est un modèle tout à fait standard, vous savez.

– Ben non, je sais pas, puisque je l'ai pas encore vue. Elle est pas trop riquiqui, quand même, j'espère ?

– J'ai dit standard, pas riquiqui.

– Ouf, vous me soulagez. Mais comme j'ai tendance à me méfier de la vantardise des hommes, je vais vérifier par moi-même, si ça vous dérange pas. Bon, commençons par déboucler ce ceinturon.

– Moi, j'appelle ça une ceinture, plutôt.

– Oui c'est sûr mais ça me fait quand même penser à un ceinturon. Ça doit être à cause de votre petit côté cow-boy urbain, je crois. Il vous manque que le chapeau.

– Je suis de nature très urbaine, effectivement, mais pour le côté cow-boy, je m'inscris en faux. D'autant plus que je déteste les chapeaux. Ils auraient tendance à me faire de l'ombre.

– Ouah, pas mal du tout, la bistouquette ! Pas franchement maousse, c'est vrai, mais super jolie. Elle va pile-poil bien avec vos boules, en plus. Au niveau des proportions, c'est presque aussi parfait que ma perfection personnelle. Vous savez quoi ?

– Pas encore.

– Je finis de vous déshabiller, et après on s'installe en tête-à-queue bien à l'aise sur un canapé. Comme ça je pourrai vous sucer pendant que vous me léchez.

– C'est un programme qui en vaut bien un autre. À une nuance près.

– Quoi ?

– Vous, à première vue, vous n'en avez pas, de queue.

– Et alors ? Vous préféreriez que j'en aie une ?

– Non, non, sans façon.

– Il est où, alors, le souci ?

– Il n'y en a pas. C'était juste pour signaler que parfois, quand on n'y prend pas garde, on peut user d'expressions qui ne correspondent pas vraiment à la réalité des choses.

– Ouais c'est sûr. Vous pourrez me mettre un doigt dans le cul, en me léchant ? J'adore ça.

– Pas de problème. D'ailleurs je vous l'aurais sans doute spontanément proposé.

– Alors c'est qu'on est faits pour s'entendre. Ouah, j'en ruisselle d'avance. Ça me dégouline partout entre les cuisses !

In petto, Gribovitch se dit que cette dernière remarque manquait un chouia de poésie, dans l'ensemble, mais vu la sauvagerie de son propre chamboulement charnel, il comprenait fort bien qu'on pût s'oublier un peu, dans certaines circonstances extrêmes, au niveau de la poésie du langage.

CHAPITRE XXX

– Shlwopp, ssshlip, lcchhh, wwrmmf, rrhhhgg, tlp-tlp-tlp, sluuurp, se limitait Martine Hique en matière de discours articulé, la bouche et la langue beaucoup trop encombrées pour exprimer son point de vue de manière plus affinée.

Mais Gribovitch s'en foutait éperdument, du manque de précision sémantique des dires de sa bouillante partenaire. Il avait déjà beaucoup de mal à rester maître de ses propres pensées, tant la goulue lui pompait le bâton comme si sa vie en dépendait, lui pourléchait le gland telle une estivante en hypoglycémie qui vient de s'offrir une sucette à l'anis, lui aspirait les glaouis avec l'appétit d'une championne du monde de gobage d'œufs mollets.

Forcément, dans ces cas-là, on a toutes les peines du monde et de sa proche banlieue à garder les idées claires.

D'autant plus que lui-même n'était pas en reste,

en matière de dégustation à même la bête, et que cette activité, en général, n'est guère propice à l'émission d'une pensée digne de ce nom.

Ou alors si : au niveau du cerveau reptilien carrément primaire, mais peut-on vraiment parler de pensée, à ce stade rudimentaire ?

Il était bon, le fruit de mer perso de la jeune veuve joyeuse.

Savoureux.

Succulent.

Et juteux.

Extrêmement juteux.

La saveur en était particulièrement concentrée au niveau du clito.

Lequel était si réactif qu'il semblait animé d'une vie autonome.

Il frémissait sous la papille.

Soubresautait à chaque petit coup de pointe de langue en traître, mine de rien.

Une perle.

D'ailleurs, globalement, c'était à peu près la forme et le format qu'il avait.

Ceux d'une perle.

Sauf que c'était une perle en viande.

En viande vivante.

Terriblement vivante.

– Vous me le mettez, ce doigt, oui ou merde !

– Oups, excusez-moi, s'excusa platement l'oublieux. J'avais oublié.

Il s'intromit donc illico à cœur de sphincters, d'un majeur soucieux de se faire pardonner sans tarder ce fâcheux péché par omission.

Puis il se remit à lécher, car il lui semblait bien se rappeler que l'exigeante avait parlé de doigtage de cul simultané au léchage de pastille, et non pas d'une alternance des deux prestations.

De toute façon ce n'était pas compliqué du tout, de faire les deux en même temps.

Même un débutant aurait pu s'en sortir avec les honneurs.

– Rhaa-meuhh ! pré-jouit la chaudasse.

– C'était un orgasme, ça ? s'enquit Alex.

– Non. Juste l'éclaireur qui annonce le débarquement du gros de la tempête.

– Ah bon, j'aime mieux ça. Parce que je le trouvais un peu juste en intensité, quand même, vu la qualité de mon travail de sape.

– Pas de souci, vous verrez. Quand je jouis pour de bon, les tremblements de terre normaux, en comparaison, c'est du steak de soja par rapport à une côte de bœuf charolais. Sans compter le tsunami qui va avec. Je fais partie de celles qui giclent. Et pas qu'un peu.

– J'ignore pourquoi mais ça ne m'étonne pas du tout, voyez-vous.

– Putain je sens que ça se précise, là, bordel ! Alors je vais vous branler en plus de vous sucer, si vous voulez bien. Comme ça avec un peu de chance, on va s'atomiser ensemble, tant qu'à faire…

Les deux explosions sismiques furent effectivement aussi concomitantes que dévastatrices.

Quant au double raz-de-marée qui s'ensuivit…

Celui de Martine Hique, tant au niveau du débit que de la pression, n'avait rien à envier à celui de Gribovitch.

En un peu moins gluant, quand même.

CHAPITRE XXXI

– Ça vous dit, de me marteau-piquer la face sud façon démantibulage de pattes arrière ? se titillait l'insatiable d'un majeur dilettante, toujours vautrée en vrac sur le canapé. Quand vous aurez rechargé vos batteries, je veux dire. Parce que là, pour l'instant, il serait plutôt du genre métal mou, votre marteau-piqueur.

– Normalement, rappela Gribovitch, je suis censé être en service. Ça n'empêche pas de céder à l'occasion au chantage éhonté d'une nymphomane contre une information potentiellement productive, bien entendu, car je suis un professionnel consciencieux, mais j'ai peur qu'en accédant à votre requête, ça vire carrément au ludique hédoniste sans aucun rapport avec le boulot. Mis à part le rapport sexuel, évidemment.

– Bon tant pis, comme le dit souvent un organiste de mes amis. Je me remettrai le couvert toute seule au vibro quand vous serez parti. L'année dernière, mon pauvre Arsène m'en a rapporté un dernier cri d'un congrès de maires de villes de moins de dix mille habitants en Norvège. Le top du top. Du coup, j'ai mis tous les autres à la poubelle. Vous avez dit quoi ? Nymphomane ?

– Il est possible que ça m'ait échappé, en effet.

– Je suis pas nympho, juste hyper réceptive aux messages chimiques de mes hormones. Les nymphos, c'est des malades. Moi, je pète la santé.

– La nuance mériterait qu'on s'y attarde, mais quitte à me répéter, j'ai une enquête sur le gaz.

– Bon, d'accord. Arsène, je l'ai rencontré quand j'étais représentante en articles de bureau pour collectivités locales. C'est lui qui m'a reçue, parce que le secrétaire de mairie était en arrêt maladie à cause d'une piqûre de frelon asiatique. On a eu tout de suite le coup de foutre – euh, pardon, je voulais dire le coup de foudre. Il m'a culbutée en levrette sur la photocopieuse. Un grand moment de tendresse, ça oui. Du coup, comme il venait juste de divorcer de sa deuxième femme, on a décidé de se marier.

– C'était ça, votre info éventuellement utile à la bonne marche de l'enquête ?!

– Non, non. Juste une parenthèse pour que vous puissiez faire le tri entre les suspects. Arsène et moi, c'était un mariage d'amour. À l'époque, je savais même pas qu'il était riche, vu que c'était ma première tournée de représentante. Un CDD à l'essai que j'avais décroché en suçant le recruteur à l'entretien. Il a trouvé que j'avais de bonnes dispositions pour les relations humaines. Dans ce genre de métier, c'est très important. Donc, je ne suis pas du tout une de ces calculatrices qui cherchent le pigeon pour lui passer la bague au doigt, au cas où ça vous aurait trotté dans la tête.

– Enchanté de le savoir. C'est vrai que faire le tri entre les suspects, dans ce boulot, ça prend un temps fou, quand les gens manquent d'esprit coopératif. Fin de la parenthèse, donc.

– Pffff, vous êtes vraiment du genre pressé qui sait pas prendre son temps, vous. Ce que je voulais vous dire, c'est rapport à Jean, pas à Arsène.

– Mais encore ?

– Ça remonte à trois semaines à peu près, un soir qu'on se retrouvait dans le petit bois derrière le calvaire pas loin de la salle omnisports, pour essayer une position de plein air que j'avais repérée sur Internet et que j'avais jamais testée. Il m'a paru soucieux. Vraiment soucieux. Mollasson, quoi. Quand il avait des soucis, Jean, ça se reportait toujours sur la qualité de sa bandaison. Faut dire que cette position-là, elle supporte pas vraiment la médiocrité du garde-à-vous. C'est plutôt le genre sportif.

– Hu-hum. Et alors ?

– Je lui ai demandé ce que c'était, son souci. Il voulait pas m'embêter avec ça mais je sais y faire pour tirer les vers du nez de mes amoureux. Donc il a fini par craquer et il m'a avoué qu'une femme dingue de lui le harcelait depuis des mois. Moi, me faire harceler par un homme, ça me dérangerait pas, vous vous en doutez bien. Mais lui, c'était pas du tout le même genre de tempérament. Une femme, une maîtresse, plus un petit coup avec des ouvrières de temps en temps, ça lui suffisait largement. Ça le tracassait énormément, ça c'est sûr.

– Il vous a dit de qui il s'agissait ?

– Non. Ça, pas moyen de lui faire cracher.

– Peut-être l'une des ouvrières, justement ?

– J'en sais rien, je vous dis. Juste quelqu'un dont il voulait pas me dire le nom, c'est tout. Après, il m'en a jamais reparlé, alors j'ai laissé tomber.

CHAPITRE XXXII

Sur le point de rejoindre la fourgonnette, Gitane blonde au bec, Gribovitch s'apprêtait à appeler Sophie pour la prévenir que son « entretien » avec la jeune veuve du maire était terminé.

Il rengaina son téléphone sans appuyer sur la touche d'appel, en s'apercevant que sa coéquipière était déjà assise sur le siège passager en compagnie de Lally Mande.

– C'était comment, ta petite promenade dans les allées du parc ? s'enquit-il en s'installant à l'arrière.

– Ombragé, comme prévu. Un peu lassant, aussi, à force de ne pas avoir de tes nouvelles. Elle a dû t'en raconter, des choses, la châtelaine, pendant tout ce temps.

– Pas tant que ça. C'est long à éteindre, un feu aux fesses de cette ampleur, et le temps que ça dure, les possibilités de conversation sont limitées. Sans compter que si je l'avais écoutée plus que de raison, il aurait fallu que je me remette à arroser en urgence une recrudescence du foyer principal.

– C'est pas vrai ! se scandalisa quasiment la gendarmette. Moi qui croyais t'avoir épongé jusqu'à l'os, cette nuit, il suffit qu'une veuve bien roulée de moins de trente ans te trémousse sa camelote de fausse blonde sous le nez, et c'est reparti pour un tour !

– Tes compétences d'essoreuse ne sont pas en cause, justifia l'épinglé. J'ai simplement su prendre sur moi pour me sacrifier dans l'intérêt du service.

– Mouais, n'empêche. C'est limite déprimant, pour une femme qui donne tout ce qu'elle a pour bien recevoir ses invités.

Sophie se racla la gorge.

– Il en valait la chandelle, au moins, ton sacrifice ? tenta-t-elle prestement de revenir au cœur du sujet.

– Difficile à dire. L'info promise manque un peu de précision. Ça ne concerne pas son mari, mais son amant. D'après elle, Jean Navait avait un gros souci de harcèlement avec une femme qui refusait de lâcher prise.

– De harcèlement ?! s'étrangla presque Lally Mande.

– Oui. Tu sais : quand quelqu'un, par excès de sentiment ou de boulimie sexuelle, emmerde quelqu'un d'autre à longueur de temps pour obtenir satisfaction.

– C'est ça, fous-toi de moi. Ce que je voulais dire, c'est qu'un type marié qui a une maîtresse attitrée et qui en plus s'envoie régulièrement en l'air avec tout ce qui bouge, c'est pas le genre à se plaindre de se faire harceler.

– Eh bien lui, si, d'après la veuve Hique. Phénomène de saturation, peut-être. Il ne lui en a parlé qu'une fois, il y a environ trois semaines, sans vouloir lui révéler le nom de l'intéressée. Et il est probable que le problème était encore d'actualité le jour de sa mort, quand il a lutiné Milène Hiome.

– En quel honneur, cette déduction ? voulut savoir Sophie.

– Souviens-toi de ce qu'elle nous a dit, et qui la gênait un peu : Navait bandait mou, parce qu'il était soucieux.

– Oui. Et alors ?

– C'est aussi à cause d'un défaut d'érection que Martine Hique a compris qu'il avait un gros souci. Chez lui, les emmerdements majeurs se reportaient systématiquement sur cet aspect de sa personnalité.

– Même cause, même effet, donc ?

– J'en ai peur. Toi qui connais tout le monde, dans ce bled, tu as une idée de qui ça pourrait être, cette mystérieuse harceleuse ?

La question s'adressait à Lally Mande.

– Alors là… je sèche.

– Creuse-toi un peu la cervelle, tu veux bien ? Quand on est capable de se battre avec un sudoku niveau diabolique, c'est qu'on a des possibilités intellectuelles nettement au-dessus de la moyenne, en principe.

– Il est encore en train de se foutre de ma poire, là, ton coéquipier ? s'enquit l'agacée auprès de Sophie.

– Difficile à dire, avoua celle-ci. Je le pratique au quotidien depuis des années, mais moi-même, parfois, je me demande si c'est du lard ou du cochon. Cela dit, il t'a posé une question. Alors tu peux toujours essayer d'y répondre, éventuellement.

– Ben oui mais franchement, je vois pas. Peut-être une des ouvrières de Sportshoes, justement. C'est la merde, pour elles. Chômage au bout du baroud d'honneur, sans aucun espoir de retrouver du boulot dans le secteur et même ailleurs. Un cadre diplômé et expérimenté, par contre, ça se recase facilement. Ça peut aider à tomber folle amoureuse, la perspective de mettre le grappin sur ce genre de bonhomme.

– Possible, admit Alex du bout des lèvres. J'ai d'ailleurs moi aussi évoqué cette hypothèse avec madame Hique. Mais réflexion faite, j'en doute un peu.

– Pourquoi ?

– Parce que Navait a refusé de donner le nom de sa harceleuse à sa maîtresse. Si c'était une simple ouvrière, il n'avait aucune raison de garder un secret aussi insignifiant.

– Je vois à quoi tu penses, hocha Sophie la tête : s'il s'agissait de quelqu'un de nettement plus en vue dans le petit théâtre social de cette charmante bourgade, en revanche, ça pourrait expliquer le refus par Navait de révéler un nom sensible, que sa maîtresse risquait de répéter à son maire de mari.

– Poufff, soupira Lally Mande. Vous me faites super mal à la tête, avec vos raisonnements tout tordus.

– La ligne droite est rarement le chemin le plus court, dans notre foutu métier. Tu démarres, s'il te plaît ?

– Pas de souci. On va où ?

– On retourne chez Milène Hiome. Ça papote, les ouvrières, notamment sur la vie privée des cadres qui batifolent à droite à gauche. Elle pourra peut-être nous apprendre des choses, si on lui pose les bonnes questions.

– OK. Je pourrai vous accompagner, cette fois ? Je l'ai terminé, mon sudoku.

– Tu as gagné, capitula Gribovitch après avoir consulté Sophie d'un bref regard. Mais je te signale que ça aussi, ça frise le harcèlement.

CHAPITRE XXXIII

– Ah, c'est encore vous, ouvrit Milène Hiome sa porte. Excusez ma tenue, je sors de mon bain. Ça occupe bien, les bains, quand on sait pas quoi faire de ses journées. Mais je vois que vous êtes pas venus tout seuls, aujourd'hui. Bonjour, Lally. La gendarmerie est toujours un peu sur le coup, alors ?

– Seulement pour le soutien logistique, précisa la gendarmette. Moi, je leur sers de chauffeur, mais pour une fois, ils ont bien voulu que je descende avec eux. Tu vas bien, à part ça ?

– Je fais aller. J'aurais tendance à m'ennuyer comme une souris morte de plus pouvoir faire piquet avec les copines, c'est sûr, mais bon, on me dit de rester chez moi, alors je reste. Les emmerdes, ça va, j'ai eu mon compte.

– Vous avez l'air de bien vous connaître, toutes les deux, supputa Sophie.

– Non, non, pas plus que ça, rectifia l'assignée

à résidence. Mais je vais pas l'appeler « lieutenant » ou chais pas quoi, non plus. Ça fait carrément trop militaire, entre filles, quand même.

– On pourrait peut-être poursuivre cette conversation à l'intérieur ? suggéra Gribovitch à tout hasard.

– Ah ouais, c'est vrai, admit Milène.

Elle fit volte-face. La serviette de bain qui lui tenait lieu de tout vêtement lui cachait à peine la moitié des fesses.

C'était joli à regarder…

– Au niveau boissons, c'est comme hier : bière premier prix ou imitation de Ricoré.

– On n'a toujours pas soif, décida Alex pour tout le monde, confortablement installé entre Sophie et Lally Mande sur le magnifique canapé vintage en skaï rouge et noir.

– Même par cette chaleur ? s'assit Milène Hiome dans le fauteuil assorti.

– Les flics sérieux sont quasiment des chameaux, ça évite les tentations.

– D'accord, je comprends. Oups, excusez-moi. Elle veut jamais tenir, cette fichue serviette. J'ai pas assez de poitrine pour bien coincer le bout entre mes seins.

– Étant donné la qualité esthétique de vos tétons, s'oublia un peu Sophie, il n'y a pas de mal à les laisser respirer à leur aise, je vous assure.

– Merci, c'est gentil. Pas la peine non plus que j'essaie de cacher mon minou en serrant bien les cuisses, alors ?

– Non, non. Faites comme chez vous, puisque vous y êtes.

– Nous aimerions vous reparler de Jean Navait, écourta Alex les politesses.

– Ah bon. Je croyais que c'était au sujet du maire, cette fois, vu qu'il s'est fait assassiner lui aussi pendant que la femme de monsieur Navait se suicidait à la clinique, ah là-là. C'est une copine de grève qui m'a appelée pour me prévenir, et en plus ils en ont parlé à la radio. Ça fait que je suis au courant de tout, forcément.

– Un deuxième meurtre et un suicide avéré n'empêchent pas de continuer à enquêter sur le premier crime, ne serait-ce que par respect pour la chronologie des événements.

– Oui c'est sûr. Qu'est-ce que vous voulez savoir ?

– Auriez-vous eu vent, par le plus grand des hasards, de bruits qui auraient couru au sujet d'une femme qui avait des vues sur le DRH ?

– Quel genre de vues ?

– Le genre que vous imaginez.

– Sexuelles, alors ?

– Voire sentimentales, l'un n'empêchant pas forcément l'autre.

– C'est vrai que c'est important, les sentiments, de temps en temps. Et ce serait qui, cette femme, d'après vous ?

– Si on le savait, on ne serait pas là en train de vous poser des questions à son sujet.

– Une ouvrière de l'usine, peut-être ?

– C'est une hypothèse qui nous a effleuré l'esprit sans vraiment nous convaincre. Du moins pour l'instant. Vous avez des raisons précises de l'évoquer ?

– Non, pas spécialement. C'est juste que j'en suis une moi aussi, alors si c'était le cas, on aurait pu en bavarder entre nous. Il s'intéressait pas vraiment à nous, monsieur Navait, vous savez. C'était juste pour la bagatelle vite fait bien fait. On se faisait aucune illusion. Moi, par exemple, après notre petite affaire, je lui ai demandé de divorcer pour se marier avec moi, et il a pas dit non. Mais c'était juste comme ça, pour déconner. On était pas du même monde, lui et nous. Rien à espérer de ce côté-là.

– L'une d'entre vous a très bien pu tomber amoureuse de lui ou vouloir le lui faire croire, s'en mêla Lally Mande. Au point de le harceler jour après jour.

– Et comme il l'aurait envoyée sur les roses à chaque fois, elle l'aurait tué pour se venger et elle lui aurait fait les horreurs que j'ai vues ? C'est ça que vous avez en tête, tous les trois ?

– …

– Mais ça tient pas debout. On a toutes donné notre ADN, je suis bien placée pour le savoir. Elle se serait déjà fait coincer.

– Judicieuse remarque, observa Sophie avec la pointe d'ironie qui s'imposait. Si la harceleuse était une ouvrière, elle peut éventuellement être la meurtrière de Navait, mais en aucun cas la propriétaire des dents castratrices.

– Eh merde, soupira la gendarmette. Je m'emballe, je m'emballe, et je dis n'importe quoi.

– C'est le privilège de la jeunesse et de l'inexpérience, minimisa Alex l'incident. Avec l'âge, on ne commet plus ce genre d'erreur, mais le revers de la médaille, c'est qu'on devient blasé.

– Mouais, peut-être. N'empêche que je me suis carrément ridiculisée, là. Vous aviez raison, tous les deux : je ferais mieux de rester dans la camionnette.

– Maintenant que j'y pense… percuta soudain Milène Hiome.

– Oui ? espéra Sophie.

– Je sais pas si ça peut avoir un rapport avec cette histoire de femme, mais bon. La première fois que je l'ai remarqué, ça remonte au tout début de la grève, et ça s'est produit plusieurs fois depuis : monsieur Navait, il quittait le rassemblement sans rien dire à personne et il se dirigeait vers les buissons. Et là, c'était pas pour se soulager la vessie ou s'offrir une petite fantaisie avec une fille, j'en suis sûre.

– Pourquoi cette certitude ?

– Parce que quand il revenait, il tirait une tronche pas possible. Rien à voir avec celle d'un type qui vient de se faire du bien d'une façon ou d'une autre. Comme s'il venait de s'empoigner sévère avec quelqu'un, quoi.

– Vous l'avez vu se servir de son téléphone, juste avant ces escapades, soit pour répondre à un appel, soit pour lire un texto ?

– Je crois pas, non. À mon avis, c'était plutôt quelqu'un qui lui faisait signe, planqué derrière les buissons.

CHAPITRE XXXIV

– J'attends les ordres, vu que je suis bonne qu'à ça, marmonna Lally Mande en actionnant le démarreur.

– On n'en a pas à te donner, promit Sophie, vu que tout capitaines qu'on est, on n'appartient pas à la même crémerie que toi et que donc on n'est pas tes supérieurs hiérarchiques.

– Tu dis ça pour noyer le poisson, c'est tout.

– Quel poisson ?

– Celui de mon incompétence. Elle va pas rester toute sa vie enfermée dans sa baraque, Milène. Du coup, elle va raconter ça à tout le monde et j'ai pas fini de passer pour une conne, moi.

– Tu l'as dit toi-même : tu t'es emballée et ça t'a perturbé la machine à logique. Ça nous arrive à tous, de faire des erreurs de raisonnement sous le coup de l'émotion. Y a pas de quoi en mouler un fromage.

– J'attends les ordres quand même, vu que le

moteur tourne et qu'on va pas coucher là.

– Sans vouloir te commander moi non plus, intervint Gribovitch, on se retrouve grosso modo dans la même situation qu'hier soir : c'est l'heure de l'apéro. Donc je propose qu'on rentre chez toi pour prendre l'apéro.

– Pas de souci, mais je te rappelle qu'il y a plus de pastis, vu que tu as fini la bouteille et que j'ai pas fait les courses.

– Je pensais apéro en terme générique, je suis pas sectaire.

– Alors dans ce cas-là, y a moyen de s'arranger, en principe.

– Tout à fait. Sans compter qu'un apéro tranquillou sur une terrasse en gravier, c'est propice à la conversation.

– Quel genre de conversation ?

– Il y a des tas de sujets divers, mais je pencherais bien pour une tentative d'inventaire des harceleuses possibles, selon divers critères qui restent à définir.

– Ça veut dire que malgré mon foirage, tu me fais encore confiance pour apporter un peu d'eau au moulin ?

– On pourrait faire appel à quelqu'un d'autre, c'est sûr, mais toi, on t'a déjà sous la main.

– Ouah. C'est de la motivation en béton, ça.

– Il te chambre, c'est tout, soupira Sophie. C'est dans ses gènes, on le changera pas. Tu démarres, oui ou merde ?

– OK, fit à nouveau craquer Lally Mande la boîte de vitesses.

CHAPITRE XXXV

– Qu'est-ce que tu fais ? s'étonna Sophie en constatant que Lally Mande ne ralentissait pas devant sa maison comme la veille. À moins que tu aies déménagé sans nous prévenir, je te signale que c'est là que tu habites.

– Je fais le tour par un petit chemin, un peu plus loin, expliqua la gendarmette. Y a une vieille grange, derrière. Elle me sert de garage. Tu vois le gros nuage noir, là ?

– Hu-hum.

– Avec cette chaleur, il annonce de l'orage. Et l'orage, ici, ça vire souvent à la grêle, avec des grêlons gros comme des œufs. C'est pas très bon pour les carrosseries. Chabert, c'est un maniaque. Le moindre cabossage, il en fait tout un foin.

Le chemin annoncé était pourri. Les amortisseurs protestèrent à haute voix. La grange aussi était pourrie, mais a priori, elle semblait avoir décidé de tenir debout pendant encore quelque mois.

Une fois la fourgonnette à l'abri, Lally Mande coupa le moteur.

– C'est ça, la moto qui te sert de bagnole dont tu nous as parlé ? supposa Alex en descendant.

– Oui. Comme je suis pas chargée de famille, ça me suffit largement.

– C'est un modèle cross, non ?

– Pas du tout, espèce de béotien. C'est une trial. Ça roule aussi bien sur route qu'en tout-terrain. Avec une cross, sur le goudron, tu te traînes comme une âme en peine.

Il encaissa la saillie sans broncher.

Sophie s'abstint de tout commentaire, vu qu'elle aurait très bien pu faire le même genre de confusion.

– C'est par où, pour rejoindre la maison ? s'enquit-elle en urgence car le ciel de plus en plus noir virait à l'alerte rouge.

– Tu prends le semblant de sentier, là. Il conduit au jardin.

Gribovitch, réactif, prit très vite de l'avance grâce aux invraisemblables enjambées de ses cannes d'échalas.

Quand ils parvinrent tous les trois à destination, il était temps : l'orage éclatait.

De la grêle, effectivement.

– Putain fait chier, se hâta Lally Mande d'ouvrir la porte. Ça va me dézinguer mes légumes et mes plants de tomates, un temps pareil.

– Il y a plus grave, prétendit Alex en s'engouffrant : l'apéro en terrasse, c'est foutu, on va être obligés de le prendre à l'intérieur.

CHAPITRE XXXVI

Gribovitch reposa son verre de whisky, dont il avait siroté coup sur coup deux gorgées à peu près buvables, et nettoya ses lunettes avec le bas de son tee-shirt. Une fois qu'il les eut remis en place, il constata qu'il n'y voyait pas plus clair.

Ça n'avait rien d'étonnant : dehors, il faisait presque aussi noir qu'en pleine nuit, et la maîtresse de maison n'avait pas jugé utile d'allumer, sans doute sous prétexte que ce n'était pas encore l'heure.

Ça tonnait bruyant et ça grêlait balèze.

– L'ambiance idéale pour médire de son prochain, décida-t-il sans préavis.

– Médire de qui ? haussa Lally les épaules. Je croyais que tu voulais faire une liste de harceleuses potentielles.

– Ça revient au même. Quand on envisage d'intégrer quelqu'un à ce genre de liste, c'est rarement pour lui décerner un diplôme de bonne conduite avec les félicitations du jury. Vas-y, on t'écoute.

– Faudrait d'abord décider des critères, non ? Parce que sinon, je vois pas trop comment faire le tri.

– Exact. Autant pour moi. Bon, vu les goûts de feu Navait, on va se limiter aux moins de quarante ans et aux bien gaulées.

– C'est pas forcément des critères valables. Parce que là, c'était pas lui qui cherchait à conclure, mais elle.

– Ta remarque est apparemment frappée au coin du bon sens. Je dis bien apparemment.

– Je comprends pas.

– À moins qu'elle soit complètement stupide, je vois mal une vieille grosse moche s'attaquer à un gugusse qui n'aligne que de la poulette de premier choix à son tableau de chasse extraconjugal. Pour harceler avec un minimum d'espoir de réussite, il faut être éligible.

– OK : plutôt jeunes et bien roulées. Les autres critères ?

– Un seul, a priori : celui qui empêchait Navait de révéler l'identité de l'emmerdeuse à Martine Hique, sans doute de peur que ça fuite. Donc : quelqu'un qui occupe une position en vue sur la scène du petit théâtre social local, comme dit Sophie.

– Mouais. Y a au moins un avantage, c'est que ça limite le vivier. Célibataire ou mariée ?

– Ça, on s'en tape, vu que le mariage n'a jamais empêché personne d'aller voir ailleurs.

– Et tu ne te limites pas à celles qui sont connues pour avoir le feu aux fesses, compléta Sophie. S'il s'agit d'une histoire d'amour passion à sens unique, c'est le genre de maladie qui peut tomber sur les bronches de n'importe qui.

– Bon. Laissez-moi réfléchir un peu. Putain, ça peut faire du monde, finalement. Y aurait la pharmacienne, par exemple. Trente-cinq ans, belle plante. Son mari est plus vieux. Il est rentier et il fait partie du conseil municipal.

– Qui d'autre ? encouragea Gribovitch.

– La correspondante locale du canard régional. Pas franchement une notable au sens habituel, c'est sûr, mais elle est au courant de tous les petits secrets inavouables qui traînent dans les tiroirs. Balancer sur elle, ce serait forcément déclencher en retour le grand déballage de printemps. On dit qu'elle serait plutôt portée sur les filles, mais à mon avis, c'est juste des ragots. Enfin… je peux pas l'affirmer, quoi.

– Quel âge ?

– La trentaine à minijupe. Elle a des guibolles d'enfer. Le reste est pas mal non plus.

– OK. Continue.

– La patronne de la supérette du centre-ville. Elle, c'est une chaudasse patentée. Elle recrute elle-même son personnel. Uniquement des hommes. D'après ce qui se dit, les entretiens d'embauche sont du genre sportif.

– Mariée ?

– Non.

– Fleur bleue sur les bords, ou pas du tout ?

– Plutôt une collectionneuse. Le cul en fusion perpétuelle mais le cœur froid. Pas vraiment le profil, en fait, je crois. La directrice de l'école privée, par contre…

– Oui ?

– Physiquement, elle est quelconque, mais elle dégage quelque chose, ça c'est sûr. Une mystique. L'amour des gens avec un grand A, c'est l'histoire de sa vie. Célibataire, pour l'instant, mais tout à fait le style à personnaliser sur un seul homme, j'en suis certaine. La cible rêvée pour un coup de foudre. Même un homme marié. Et s'il y a résistance, elle est capable du pire, comme tous les mystiques. Enfin, faut pas que je recommence à m'emballer, non plus. C'est l'impression qu'elle me fait, c'est tout.

– Intéressant, admit Sophie. D'autres clientes potentielles ?

– La receveuse de la Poste. La copine du kiné. Elle est sage femme. La directrice d'agence du Crédit Agricole. La fille du plus vieux des trois médecins. Elle illustre des livres pour enfants. La femme du premier adjoint. Paraît qu'il aurait viré impuissant à force de trop fumer. La directrice de l'école publique, aussi. Son mari est prof de collège dans le Nord, pas vraiment l'idéal pour la qualité de vie conjugale. L'assistante de direction de Sportshoes. Une bombe, physiquement. Et j'en passe. Ça tient pas debout, cette liste. On va quand même pas soumettre toutes les bonnes femmes baisables un tant soit peu connues de cette ville à un prélèvement d'ADN !

– Qu'est-ce qu'on bouffe ? zappa Alex. On n'avancera à rien comme ça, tu as raison.

– Je peux décongeler de la ratatouille de l'année dernière, vu qu'avec ce temps, pas question que j'aille ramasser des légumes dans le jardin. Mais il me reste plus de poulet. Pour ça, faudrait que je retourne sucer le voisin, mais en ce moment, il est parti dire adieu à sa mère à une centaine de bornes d'ici. Elle est en train de claquer.

– Le genre boîte de cassoulet, pour changer, ce serait possible ?

– Ouais, j'en ai.

CHAPITRE XXXVII

– Qui c'est qui dort avec moi, ce soir ? minauda Lally Mande entre deux gorgées de café.

– Moi, soupira Sophie suite aux appels de détresse forcenés des yeux de son coéquipier. Gribo a beaucoup donné de lui-même, aujourd'hui, donc il a besoin d'une bonne nuit de sommeil. Mais tu ne t'avises pas de me chercher des pucerons dans les poils de chatte, sinon je te menotte à la tête de lit. Moi aussi, j'ai envie de roupiller. Le grand air de la campagne, ça m'épuise.

– OK, pas de souci. Chuis pas une sauvage, non plus.

CHAPITRE XXXVIII

Tartines de confiture de figue maison pour tremper dans le café au lait du petit déjeuner.

Ça changeait de la confiture de poire.

Cette fois, Lally Mande s'était extirpée du lit dès qu'elle avait senti Sophie bouger, après une nuit de chasteté mutuelle quasiment exemplaire.

– Pas question de me faire avoir deux matins de suite, avait-elle prétexté à titre de motivation d'une réactivité aussi fulgurante.

Sophie avait haussé les épaules, l'air de dire qu'elle s'y attendait.

Plutôt que d'allumer une Gitane blonde, Alex se graissa une troisième tartine, car il adorait la confiture de figue.

– Je vais me prendre une douche, s'arracha

Sophie de sa chaise. Tu pourras me passer les clés de la fourgonnette, après ? J'ai des courses à faire en ville. Toute seule.

– Gh… avala Lally par la mauvaise gorge. C'est quoi, ce plan ? Vous avez encore décidé de me laisser sur le carreau, c'est ça ?

– Moi, je reste ici avec toi, désamorça Gribovitch l'embryon de conflit. J'ai super bien dormi, tout seul dans mon grand lit. Du coup, ça fait que ce matin, je suis carrément en pleine forme, si tu vois ce que je veux dire.

– Ah bon, à ce point là ? s'amadoua la tentée.

– Une forme en béton armé, garantie sans fracture.

CHAPITRE XXXIX

– Ah, c'est encore vous de bon matin mais toute seule, s'étonna un peu moins que la veille la stagiaire gratuite de la mairie.

– Il est quand même neuf heures et demie, nuança Sophie le « bon matin ».

– Ouais je sais, vu que j'ai une pendule en face de moi, mais je vous ai déjà dit hier que je vois jamais personne avant onze heures et demie. Donc c'est tôt, que vous le vouliez ou non.

– Justement : c'est un peu étrange, non, qu'il n'y ait personne ? Précisément aujourd'hui, je veux dire.

– Pourquoi vous dites ça ?

– Après ce qui est arrivé hier, je m'attendais à voir plus de monde.

– Ah, ça. Pauvre monsieur le Maire. Y a eu beaucoup de monde toute la journée d'hier pour cancaner, mais bon, aujourd'hui c'est fini, apparemment. Peut-être que les gens ont décidé d'éviter de venir faire du bruit par respect pour sa mémoire, je sais pas. Vous voulez quoi, vu qu'avec les événements, forcément, cette fois ça peut pas être pour le voir, monsieur le Maire ?

– J'aimerais rencontrer la correspondante locale de votre journal régional, mais j'ignore son nom et encore davantage où je pourrais la joindre. Vous pourriez me renseigner ?

– Évidemment. Mais pourquoi vous avez pas demandé au lieutenant Mande ? Tout le monde sait que vous logez chez elle, avec votre équipier.

– Parce que j'aime bien varier les sources d'information. Les petites habitudes du métier.

– Mouais. Ce serait pas plutôt parce que vous voulez pas qu'elle sache, le lieutenant Mande ?

– Qu'elle sache quoi ?

– Pour votre rencontre avec Larissa Sapic. Genre celle-là elle dit des trucs, l'autre elle en dit d'autres qui sont pas forcément pareils, mais aucune des deux sait que l'autre a dit des trucs différents, vu qu'aucune des deux sait que vous avez parlé à l'autre. Je sais comment ça marche, j'ai tous les épisodes de Colombo en DVD.

– C'est bien ce que j'ai dit : varier les sources d'information. Donc, si j'ai bien compris, Larissa Sapic, c'est le nom de la correspondante locale du journal ?

– C'est ça.

– On peut la trouver où, à cette heure-ci ?

– Sans doute chez elle. Le matin, elle fait son deuxième métier, vu que correspondante locale, ça nourrit pas sa femme.

– Un deuxième métier qu'elle exerce à son domicile, donc ?

– Ben oui, sinon je vous aurais pas dit qu'elle est sans doute chez elle. Elle tricote des étuis de téléphones portables à exemplaire unique, qu'elle vend par Internet. Vous avez de quoi noter, pour l'adresse ?

– J'ai une tête, ça suffira.

– OK. Toute façon c'est juste en face d'ici, de l'autre côté de la place. Vous auriez du mal à pas trouver.

CHAPITRE XL

Cling-ding-clong, promit le carillon de la maisonnette de plain pied enchâssée entre deux immeubles à un seul étage.

Mais c'était pour l'instant une promesse non tenue car personne ne réagissait de l'autre côté de la porte.

Sophie doubla donc son enfonçage de bouton, à tout hasard.

– Oui ? fit enfin une voix quasi lointaine mais foncièrement féminine.

– Lieutenant Sophie Leclerc, police de Paris en mission provinciale.

– Ah, d'accord. Juste le temps d'enfiler quelque chose, s'il vous plaît, car je suis toute nue à cause de cette fichue chaleur qui n'en finit pas. L'orage d'hier soir n'a pas du tout rafraîchi le temps, c'est désolant.

Sophie patienta.

La porte s'ouvrit sur une superbe trentenaire

dont les jambes étaient effectivement une merveille de la nature humaine, comme l'avait fort justement signalé Lally Mande.

D'autant plus qu'elles s'offraient à l'œil dans toute leur longue splendeur galbée, étant donné que ce qu'elle avait enfilé se limitait à un mini-peignoir de fin coton écru qui s'arrêtait tout en haut des cuisses, à défaut de prétendre descendre plus bas.

– Vous êtes bien Larissa Sapic ? demanda Sophie confirmation.

– C'est bien moi, car je suis la seule à habiter chez moi.

– Nous pouvons parler un peu ?

– De quoi ?

– De choses et d'autres.

– Ah bon. Dans ce cas, suivez-moi…

Le jardinet d'agrément clos de murs de pierre, à l'arrière de la maison, était doté d'une sorte de tonnelle en vigne vierge abondante, très pratique pour éviter les éventuels regards indiscrets des occupants de l'unique étage des deux immeubles voisins.

– C'est très pratique, confirma Larissa Sapic en s'allongeant à demi sur un transat remonté en position intermédiaire, car l'été, ça me permet de tricoter toute nue en plein air et en toute tranquillité. Installez-vous, je vous en prie.

Sophie l'imita donc, sur un autre transat en vis-à-vis.

– On m'a dit qu'en plus de votre travail de correspondante de presse, attaqua-t-elle en mode mineur, vous confectionnez des étuis artisanaux de téléphones portables. C'en est un, je suppose, cette jolie pièce de tricot en cours, sur la petite table ?

– Tout à fait. Une commande un peu coquine, en forme de phallus en érection. Ce n'était pas évident, pour moi. Il a fallu que je consulte des photos sur Internet pour les proportions et les détails. En tant que lesbienne de naissance, je fréquente très peu ce genre d'organe dans ma vie de tous les jours. Mais vous le saviez déjà, n'est-ce pas ?

– Quoi ?

– Que je suis lesbienne.

– On me l'a dit aussi, en effet. Enfin… on m'a dit qu'on le dit, plus exactement.

– Je ne parle pas des bruits qui courent. Je voulais dire qu'entre coreligionnaires, on se reconnaît au premier regard, bien souvent.

– Personnellement, je ne suis qu'une modeste bisexuelle.

– Pas grave. Il faut de tout pour faire un monde. Vous me trouvez comment ?

– Très peu vêtue. Surtout que votre peignoir

vient de s'ouvrir, là, vu que vous venez de dénouer votre ceinture.

– Oups, ça m'a échappé. Il fait vraiment trop chaud. Je reste comme ça, si ça ne vous dérange pas. Mes jambes, vous en pensez quoi ?

– Rien. La contemplation des chefs-d'œuvre, ça relève de l'émotion esthétique, pas de la pensée rationnelle.

– Ouah, pas si souvent qu'on me tourne des compliments comme ça. J'en ai les tétons tout émus, moi aussi. Ça se voit ?

– Oui. Je dirai qu'ils ont grossi d'environ 60%, à vue de nez.

– Ils peuvent faire mieux, je vous assure. Bien excités, je suis sûre qu'ils triplent de volume, au moins. Même si je n'ai jamais mesuré.

– En tant que chroniqueuse à mi-temps de la vie locale, ça vous inspire quoi, l'assassinat du maire de la ville après celui de Jean Navait ?

– Vous avez le don de casser l'ambiance, vous ! Regardez : ils débandent déjà, mes tétons.

– Désolée. Je fais mon travail, c'est tout.

– Je comprends. Pour l'instant, ça ne m'inspire pas grand-chose. C'est trop récent, je manque d'éléments. Ça ne se fait pas comme ça, de tendre l'oreille pour se faire une idée. Ça demande de la patience et de la discrétion. Donc du temps.

– Le premier meurtre remonte à plus d'une semaine, lui. C'est suffisant pour se faire une idée, comme vous dites ?

– Normalement, ça devrait, oui.

– Mais ?

– Si vous êtes là, c'est bien parce que l'enquête des gendarmes n'a rien donné de concluant, n'est-ce pas ?

– Oui. Et alors ?

– Comment voulez-vous qu'une petite journaliste mal payée réussisse là où des professionnels se sont cassé le nez ?! Sans compter que si j'avais appris quelque chose d'important, j'aurais déjà tout dit aux gendarmes, bien entendu.

– Je n'attends pas de vous que vous me livriez le nom et le CV du, de la ou des coupables sur un plateau d'argent, évidemment. Je pense plutôt à des petits détails qui… disons, pourraient avoir suscité chez vous certains questionnements, voire des doutes. Des toutes petites choses, pas assez solides pour qu'on embête les enquêteurs avec ça, mais qui sont là quand même, qui poussent à réfléchir, qui stimulent l'imagination.

– Hum… Oui, peut-être, maintenant que vous le dites. Puisque vous me le demandez, je veux bien vous en parler. Après.

– Après quoi ?

– …

– C'est une habitude genre coutume locale, dans ce bled, de monnayer ce qu'on sait contre un paiement en nature d'ordre carrément sexuel ?!

– Aucune idée. Je n'habite ici que depuis trois générations. Autant dire une étrangère. Ça vous est déjà arrivé ?

– À moi, non. À quelqu'un que je connais comme ma poche, oui.

CHAPITRE XLI

– Je ferais mieux de finir carrément de l'enlever, mon mini-peignoir, vu que ça fait déjà un bon moment qu'il ne cache plus rien de mes charmes à la qualité aussi insolente que miraculeuse, susurra Larissa Sapic en se trémoussant sur son transat. Non ?

– Si, concéda Sophie qui ne voyait pas d'autre issue au chantage éhonté que d'y succomber pour faire parler la coquine, car la seule alternative envisageable, c'était la torture, mais la loi l'interdisait formellement et de toute façon elle était contre par principe d'humanité.

– Ouah mes magnifiques nichons, qu'est-ce que je les adore, moi ! se les malaxa amoureusement la vantarde après avoir fait gicler ledit peignoir à trois ou quatre mètres de là sous la tonnelle. C'est doux, c'est ferme. C'est plein de terminaisons nerveuses hypersensibles, surtout au niveau des bouts. En plus ça communique direct avec la chatte, je trouve. C'est dingue comme la nature est bien faite. Tu te tortilles un téton, et hop, c'est le déluge entre les cuisses. Tu te titilles l'autre, et bingo, t'as le clito qui grossit comme pas permis. Toi aussi, ça te fait ça, quand tu te tripotes les nénés ?

– Je pense que ça fait ça à beaucoup de monde en général, essaya Sophie de ne pas trop personnaliser le débat car elle n'aimait pas étaler sa vie privée.

Ce qui ne l'empêcha pas de réagir au quart de tour au niveau des fins fonds de son intimité, ni de noter le tutoiement perfide de la provocatrice, toujours propice au rapprochement des gens.

– Allez, vire tes fringues toi aussi, s'impatienta l'impatiente. D'abord, ce sera nettement plus commode pour faire ce qu'on va faire, et en plus, en tant que lesbienne, j'adore que les femmes soient nues, ne serait-ce que pour le plaisir des yeux. Sauf quand elles sont moches, évidemment. Mais bon, toi, ce n'est pas ton cas, a priori.

Sophie s'apprêtait à commencer d'obtempérer, convaincue par une telle cascade d'arguments pertinents, mais…

– Non, changea la versatile d'avis. Finalement je vais te déshabiller moi-même. Ça m'excite encore plus, la plupart du temps. Alors pourquoi s'en priver, hein ? Surtout qu'à mon avis, toi aussi ça va te booster les envies, que je t'épluche de tes fringues une à une en te bisouillant la couenne un peu partout au fur et à mesure du dénudage. Et comme je serai très près de toi pour te déloquer, forcément, avec mes bonnes odeurs et tout ça, toi aussi tu pourras me bécoter un peu partout, vu que moi je suis déjà toute nue.

– Putain, boucle-la et active-toi ! râla Sophie toute dure et cambrée sur le transat, mûre à point.

CHAPITRE XLII

– On remet ça ? proposa Lally Mande en nage.

– Non, j'ai mon compte pour ce matin, déclina Gribovitch l'invitation, sous prétexte que c'était déjà la quatrième du genre.

Du coup, histoire de s'occuper, il alluma une Gitane blonde.

CHAPITRE XLIII

Finalement, Sophie ne regrettait pas du tout de s'être laissé manipuler par une maîtresse chanteuse aussi expérimentée.

Pas forcément expérimentée en maître chantage – ça, elle ne la connaissait pas assez pour pouvoir en juger en connaissance de cause –, mais en l'art délicat de faire du bien aux filles par tous les moyens répertoriés, et même par quelques autres un peu plus confidentiels qui frisaient carrément l'outrage aux bonnes mœurs, voire à la bienséance.

En effet, pour ce qui était de lécher, sucer, doigter, laper, touiller, mordiller, trifouiller, pétrir, labourer, explorer et autres plaisantes joyeusetés qui se pratiquent abondamment entre filles du même sexe et même parfois entre partenaires banalement hétérosexuels mais soucieux de bien faire, Larisssa Sapic n'avait de leçons à recevoir de personne, pas même de blondasses plus ou moins célèbres en Harley Davidson.

Du coup, Sophie ne savait plus où donner de l'hormone. La craquette en fusion, les nichons en éruption, l'anus en capilotade et tout le reste d'elle-même en ineffable bordel métabolique où une spécialiste de l'anatomie de soi-même n'aurait pas retrouvé son clito, elle vocalisait sur tous les registres autorisés par un larynx normalement constitué, transpirait comme un kiwi épluché dans un micro-ondes, voyait des étoiles partout alors qu'on était en plein jour, et, le pire de tout, elle jouissait en rafales si rapprochées que ça frisait l'orgasme en continu, ce qui n'est pas désagréable, loin de là, mais extrêmement fatigant.

Surtout par cette chaleur.

Et, plus fort que le pire de tout, elle ne s'appartenait tellement plus qu'elle ne se rendait même pas compte que Larissa Sapic était exactement dans le même état sous l'effet de ses propres léchages, suçages, doigtages, lapages, touillages, mordillages, trifouillages, pétrissages, labourages, explorages, etc., à tel point qu'un observateur chanceux, s'il y en eût eu un dans les parages, eût eu bien du mal à distinguer qui était qui dans cet amas emmêlé de chairs en ébullition, car – faut-il le répéter ? – c'était vraiment un foutu putain de sacré bordel.

Cerise sur le gâteau : les rafales d'orgasmes respectifs, pourtant fort conséquents, s'avérèrent en fait n'être que des prémices au bouquet final, qui les emporta toutes les deux si loin dans l'explosion d'elles-mêmes qu'elles en braillèrent leur plaisir sans nom genre cent trente décibels bien tassés, soit à peu près le raffut d'un Airbus A380 au décollage, ce qui est un tantinet bruyant.

– Oups, émergea d'ailleurs Sophie en reprenant sa respiration. Ta tonnelle en vigne vierge, elle protège des yeux des voisins, mais pas de leurs oreilles, à mon avis, vu le potin qu'on a fait. Ils doivent en être tout émus, les pauvres.

– C'est sûr, admit Larissa Sapic. Surtout le routier au chômage de l'immeuble de gauche. Il passe ses matinées à se tripoter le levier de vitesses à sa fenêtre en m'imaginant toute nue en train de tricoter mes étuis de portables. Au moins, pour une fois, il s'est astiqué pour quelque chose.

CHAPITRE XLIV

– Sûr que t'as pas envie d'une petite rebelote de derrière les fagots ? revint Lally Mande à l'attaque. Il a bien dû finir par se recharger, ton fusil, quand même !

– Si je n'écoutais que moi-même, peut-être que je ne dirais pas forcément non, biaisa Gribovitch, mais Popaul, lui, il dit qu'il s'est mis en grève, vu que c'est à la mode dans le secteur, et qu'il faudrait pas le prendre pour un zob-objet, non plus.

– Pffff, décida la déboutée de se faire du bien toute seule.

CHAPITRE XLV

– J'espère, insinua Sophie.

– Quoi ? remballa Larissa son sein gauche avec l'autre sous son mini-peignoir de coton.

– Que ce que tu as à me dire, ça valait le coup de dépenser toutes ces calories.

– Je sais pas, moi. C'est toi, la fliquette. Tu en jugeras par toi-même.

– Je t'écoute.

– Avant, j'aimerais savoir pourquoi c'est moi que tu es venue voir. Spécialement moi.

– Parce que tu es journaliste, évidemment. Ça sait des tas de trucs plus ou moins avouables que ça se garde sous le coude faute de pouvoir les publier, les journalistes locaux. Mais je dois t'avouer qu'au départ, tu faisais aussi partie d'une certaine liste. Vu tes mœurs a priori exclusives, tu n'avais d'ailleurs rien à y faire.

– Quelle liste ?

– Celle des amoureuses clandestines potentielles de Jean Navait. Au sens purement sentimental du terme. D'après ce qu'on en sait, c'était à sens unique.

– Je vois. Tu risques d'être déçue, alors.

– Pourquoi ?

– Parce que le truc auquel j'ai repensé, c'est dans le même registre.

– Dis toujours.

– Jean Navait, il voyait quelqu'un en douce. Rien à voir avec ses batifolages avec les ouvrières. Quelqu'un qui n'était pas non plus la femme du maire, je précise, étant donné que cette relation-là, c'est un secret de Polichinelle. Ça s'est confirmé ces dernières semaines. Je couvrais quotidiennement la grève pour mon canard, et je l'ai vu plusieurs fois s'éclipser à l'écart de l'usine, vers les buissons où on a retrouvé son cadavre et celui du maire. Quand il revenait, il tirait systématiquement une tronche de déterré. Le genre qu'on tire quand on vient de s'accrocher pour la énième fois avec un emmerdeur ou une emmerdeuse.

– Effectivement, soupira Sophie, tu ne m'apprends rien. Quelqu'un d'autre nous a déjà raconté exactement la même chose.

– Mais ce quelqu'un d'autre n'a pas été capable de dire qui c'était, l'emmerdeur ou l'emmerdeuse, si j'ai bien compris.

– Parce que toi, tu sais qui c'est ?!

– Oui. Quatre jours avant sa mort, j'ai discrètement suivi Navait pour en avoir le cœur net. Impossible de m'approcher suffisamment pour voir de mes yeux, sinon j'aurais été repérée, mais quand il est retourné vers le rassemblement, je me suis attardée un peu, à tout hasard, et j'ai reconnu le bruit.

– Quel bruit ?!

CHAPITRE XLVI

– Pourquoi tu te rhabilles juste au moment où j'arrive ? s'enquit Sophie en déposant les clés de la fourgonnette sur la table basse du salon. Vu notre sympathique partie à trois dans ta mare aux canards sans canards, je croyais que tu avais compris que ça ne me dérange pas vraiment de loger chez quelqu'un de sexe féminin qui baguenaude à poil pour un oui ou pour un non.

– Parce que je vois pas l'utilité de continuer à appâter un poisson pas si gros que ça qui a décidé de se mettre en grève après même pas une demi-douzaine de prestations, se justifia Lally Mande. Mais si ça te dit de compenser la mauvaise volonté flagrante de ton coéquipier, je peux me remettre toute nue, pas de souci.

– Non, non, sans façon. On n'est pas des bêtes, quand même.

– C'est sûr. Surtout toi.

– Pourquoi surtout moi ?

– Parce qu'un animal, ça ne ment jamais.

– Je décroche, là. Tu peux préciser ?

– Tu m'as emprunté la camionnette sous prétexte de faire des courses en ville, et tu reviens les mains vides. Faut pas me prendre pour une conne, non plus.

– Ciel ! Me voilà démasquée par défaut de cohérence caractérisé.

– Putain j'en ai marre, qu'on se foute de ma gueule !

– Tu as mis le doigt sur quelque chose d'intéressant ? s'immisça Gribovitch en écrasant son mégot de Gitane blonde dans un cendrier déjà bien lesté.

– Pas seulement le doigt. C'était un investissement global de toute ma personne au grand complet. Mais bon, ça, c'est un peu personnel, je préfère ne pas trop m'étaler. En revanche, au niveau boulot…

– Du nouveau à se mettre sous la dent ?

– Peut-être. Je me méfie des affirmations un peu trop péremptoires. Tu sais aussi bien que moi que les témoignages oculaires sont toujours sujets à caution, alors quand il ne s'agit que d'un simple témoignage auditif…

– Il aurait entendu quoi de décisif, ton témoin auditif ?

– Un bruit de moteur. Peut-être en rapport avec la mystérieuse harceleuse de Jean Navait. Milène

Hiome n'a pas été la seule à s'étonner des escapades répétées du DRH vers les buissons. Mon témoin du jour, lui, a été plus curieux qu'elle : quelques jours avant son assassinat, il l'a suivi. Pas d'assez près pour assister visuellement à la rencontre, mais suffisamment pour entendre, après coup, le bruit d'une voiture qui repartait. Il prétend avoir clairement identifié le véhicule en question, et donc connaître le nom de son propriétaire, à défaut de savoir qui était au volant.

– C'est qui, ce témoin ? voulut savoir Lally Mande.

– Pour le moment, temporisa Sophie, je préfère ne pas livrer son nom à quelqu'un du cru, étant donné qu'il ne souhaite pas de publicité personnelle tant que ce n'est pas nécessaire. Quant à moi, je prends l'initiative unilatérale de ne pas te révéler non plus l'identité du ou de la propriétaire de la bagnole, vu que tout ça reste à éclaircir un chouia avant de lui chercher explicitement des poux dans la tignasse.

– Bonjour la confiance !

– Désolée, mais tu me comprendras sans peine. Chabert t'a clairement mis dans nos pattes pour que tu lui fasses ton rapport quotidien. C'est ton supérieur hiérarchique, donc tu ne peux pas faire autrement. L'intérêt d'une enquête menée par des flics venus d'ailleurs, c'est que par définition, ils ne sont pas impliqués dans la vie locale, donc moins sujets aux préjugés vis-à-vis d'untel ou unetelle. Ça permet d'avoir l'esprit plus libre, ce qui n'est pas un luxe pour faire le tri dans ce genre de panier de crabes.

– OK, admit la gendarmette, manifestement à contrecœur. C'est logique.

CHAPITRE XLVII

– Qu'est-ce qu'elle fout ? s'informa Sophie au retour de Gribovitch dans le salon.

– Elle est sous la douche, et à mon avis, elle en a pour un bon moment avant de se rafraîchir l'humeur. Tu l'as carrément vexée, là.

– Je sais, mais il n'y avait pas d'autre solution.

– Si tu m'expliquais ? À commencer par ce mystérieux témoin. Qui c'est ?

– La correspondante locale du canard régional. Elle n'a pas du tout le profil pour faire partie de la liste des harceleuses possibles, mais j'ai eu le nez fin de lui rendre une petite visite malgré tout.

– Elle a vraiment entendu le bruit de moteur dont tu as parlé, et identifié le véhicule ?

– Absolument. D'ailleurs, à propos de bruit de moteur, il va nous falloir les lumières d'un spécialiste capable de travailler à l'aveugle, si j'ose dire. C'est-à-dire sans enregistrement d'échantillons sonores. Une bible en la matière, quoi. Roger Dallant devrait pouvoir nous dégoter ça parmi ses relations. Je vais l'appeler.

– Euh, tu pourrais être un peu plus claire, là ? Je patauge. Quel intérêt de faire appel à ce genre de spécialiste, si on sait déjà de quelle bagnole il s'agit et à qui elle appartient ?

– Justement, c'est un peu plus compliqué que ça. Sans compter que si la chance est avec nous, il faut qu'on s'assure un coup d'avance systématique. Sinon, on risque de se retrouver incessamment sous peu avec un troisième meurtre sur les bras, ce qui n'est pas vraiment le but de la manœuvre.

– Je patauge même plus, là, je suis carrément en train de me noyer !

– OK. Je t'explique le topo.

CHAPITRE XLVIII

Sophie sélectionna le numéro de Dallant dans son répertoire.

– Salut Roger. Je te dérange, ou pas ?

– Oui, forcément, puisque je bosse tout le temps. Ça avance, votre affaire à Trifouilly-les-Bouses, avec le cadavre du maire en bonus ?

– À grandes enjambées, comme celles de Gribo. On a besoin d'une oreille expérimentée capable de bosser sans matériau. Tu as ça en magasin ?

– Normalement, oui, vu que les meilleurs dans leur domaine font tous partie de mon époustouflant carnet d'adresses. Tu détailles un peu, s'il te plaît ?

– Il s'agirait, à partir des références d'un véhicule motorisé, de me faire la liste des modèles dont le bruit est le plus proche, au point qu'on puisse presque les confondre si on n'a pas le visuel dans le collimateur.

– Aucun problème. Je connais un certain Jean-

Aymar Dupotin qui te résoudra ce genre d'équation en moins de temps qu'il n'en faut à un veilleur de nuit surmené pour tomber de sommeil. À condition que tu me les donnes, les références du véhicule. Sinon, ça risque de traîner un peu, forcément.

– Je ne les ai pas sous la main. Dans un premier temps, je voulais savoir si c'était jouable. Je t'envoie ça par texto le plus rapidement possible. Je te préciserai également le type des véhicules dont j'attends la liste. Ça risque de surprendre un peu ton artiste du vroum-vroum, mais ça devrait limiter la liste en question. Une autre requête qui te concerne directement, c'est envisageable aussi ?

– Dis toujours.

– On va t'envoyer un prélèvement d'ADN en Chronopost. Le but, c'est de vérifier qu'il correspond bien à l'un des deux qui ont été trouvés sur le cadavre de Navait. Celui qui n'a pas encore été identifié.

– Ça, je l'aurais deviné tout seul. Pourquoi vous ne confiez pas ça aux collègues du secteur, vu qu'ils ont déjà fait le boulot la première fois ?

– Mesure stratégique. Loin des yeux, loin des fuites, si tu vois ce que je veux dire.

– Je vois très bien. Vous voulez le résultat pour quand ?

– Pour une fois, tu as tout le temps de respecter les protocoles en vigueur. C'est juste une vérification pour bétonner le dossier le moment venu.

– OK, ça marche. Ça m'a l'air un peu compliqué genre tordu, votre affaire.

– Pas tellement plus que d'habitude, en fait. Juste qu'on marche sur des œufs et qu'on n'a pas le droit à l'erreur.

– Ça aussi, c'est comme d'habitude, alors ?

– Maintenant que tu le dis…

CHAPITRE XLIX

– Oui ? s'étonna Sophie au bout des ondes. Ça fait à peine trois quarts d'heure que je t'ai textoté. Tu ne vas quand même pas me dire que tu as déjà les résultats !

– Bien sûr que si, promit Dallant. C'est un cador, mon pote. Pas le genre à rêvasser au boulot.

– Et ?

– Trois modèles correspondent à ce que tu cherches. Quasiment le même bruit que le moteur référent, aussi surprenant que ça puisse paraître.

– Nickel. Accouche.

– Je me suis dit que trois, ça faisait beaucoup, quand on n'a pas le temps de s'éterniser. Alors j'ai joué de la souris et de mes sésames en forme de code secret pour vous débroussailler le terrain. Parmi ces trois modèles, il y en a un seul qui réunisse deux critères susceptibles d'apporter de l'eau à votre moulin.

– Lesquels ?

– Véhicule immatriculé à la préfecture du département qui vous intéresse, et dont le titulaire de la carte grise est domicilié dans le bled que vous honorez tous les deux de votre inestimable présence. Petite précision : il s'agit d'une titulaire.

– Génial. On a une chance de cocu. Qui ?

– Ella Dupeps. Adresse : 17, rue des Herbes Folles. Pendant que j'y étais, histoire de fignoler le débroussaillage, j'ai pianoté sur Gogole à tout hasard. La donzelle est une figure locale, registre sportif. Prof de gym au collège du bled la semaine et championne régionale de boxe occitane le week-end.

– Roger, si tu n'existais pas, il faudrait t'inventer.

– Je sais. C'est la vie. Seul bémol éventuel : vu qu'elle est prof et qu'on est en pleines grandes vacances, pas sûr qu'elle soit dans les parages en ce moment.

– Mais si. Une chance de cocu, je te dis. Y a pas de raison que ça s'arrête.

CHAPITRE L

– Je te ré-emprunte les clés de la fourgonnette, si tu permets. Encore une course à faire en ville. Cette fois, Gribo vient avec moi. J'ai besoin de son avis pour un petit haut que j'ai repéré dans la vitrine de la boutique en face de l'église. J'ai peur qu'il me moule un peu trop, au niveau des nichons.

– M'en fous toute façon je boude, grogna Lally Mande qui faisait bronzette en tenue d'Ève sur un transat, la peau constellée de gouttes de sueur au plus grand mépris de la douche interminable qu'elle avait prise, ce qui, d'un strict point de vue écologique, n'était pas du tout une bonne action.

CHAPITRE LI

Un 4x4 basique, pas du tout le genre pour frimer en ville, était garé en crabe devant le 17 de la rue des Herbes Folles.

Étant donné que c'était précisément le modèle signalé par Roger Dallant, Sophie estima que c'était bon signe et que, donc, la chance de cocu était toujours d'actualité.

Elle chercha le bouton de sonnette du côté droit de la porte d'entrée, et le trouva sans difficulté majeure…

– Bonjour, ouvrit la porte une brune au teint hâlé, baraquée comme un docker en exercice et néanmoins tout à fait agréable à regarder, car l'abus de muscles lui allait bien.

D'autant plus que tout ça était parfaitement mis en valeur par un string taille haute de sportive revendiquée et par une brassière moulante qui lui servait aussi de soutien-gorge.

– Vous êtes bien Ella Dupeps, la prof de gym du collège ? supposa Alex.

– Ouais. Sauf que je suis en vacances, vu que c'est l'été. Et vous, vous êtes ?

– Capitaine Gribovitch, et voici ma coéquipière le capitaine Leclerc.

– Capitaines de quoi ? voulut légitimement savoir l'étonnée.

– De police, l'éclaira Sophie, carte tricolore à l'appui. Il est chouette, votre 4x4. Pas d'esbroufe, juste fonctionnel. Ça change de ce qu'on voit le samedi soir sur les Champs-Élysées. On est de Paris.

– Et vous courez la province en quête d'une occase première main qui ressemble à autre chose qu'à un jouet de luxe pour fils à papa, c'est ça ? Je vous le fais au prix argus plus mille euros pour le dérangement sentimental, si vous voulez. On s'y attache, à ces bêtes-là, vous savez. Je sens que de m'en séparer, ça va me fendre le cœur.

– Désolée mais il y a malentendu. Nous, on préfère le métro.

– Chacun son truc. Qu'est-ce que vous me voulez, alors ?

– On enquête sur les meurtres du DRH de Sportshoes et du maire.

– Hu-hum. En quoi ça me concerne, cette histoire de fous ?

– C’est justement ce que nous aimerions prendre le temps de vous expliquer. C’est un peu délicat, je l’avoue.

– Je ne fais pas partie des suspects, j’espère ?

– A priori, non.

– Bon. On va discuter dans ma salle de muscu perso, alors. C’est l’heure de mon entraînement.

CHAPITRE LII

La salle de musculation aménagée au sous-sol du pavillon était aussi fonctionnelle et dépourvue de chichis que le 4x4. Aucune machine sophistiquée, pas le moindre tapis roulant qui permet de s'époumoner à la course tout en restant sur place. Juste des barres en inox avec des flopées de kilos judicieusement répartis à chaque bout en quantités égales parfaitement symétriques, ce qui était un minimum pour prétendre les soulever sans se faire un tour de reins, des agrès suspendus au plafond de béton, un punching-ball dédié à la spécialité de l'artiste et autres babioles radicalement incompatibles avec le manque d'exercice chronique du citoyen normalement fainéant et peu soucieux de transpirer pour rien.

Pour ce qui était de transpirer, Ella Dupeps savait y faire et ne s'en privait pas. En effet, elle avait signifié à ses visiteurs qu'avant d'entrer dans le vif du sujet, elle souhaitait procéder à un échauffement particulièrement intensif, sous prétexte que quand les emmerdements débarquent à froid dans le traintrain d'une vie bien réglée, ça peut foutre des crampes, et qu'elle détestait ça.

Elle sautillait donc d'un pied sur l'autre depuis une bonne dizaine de minutes, une haltère de dix kilos dans chaque main à bout de bras, et bondissait de temps à autre genre grand écart avant de refermer les jambes pour retomber sur ses pieds, et ainsi de suite.

Ça faisait que forcément, elle était en nage, ce qui avait tendance à transformer sa brassière-soutif en concours de tee-shirt mouillé.

Au niveau du moulage de tétons, ce n'était pas désagréable, comme spectacle.

Du coup, ému jusqu'au caleçon malgré les essorages répétés que lui avait imposés Lally Mande, Gribovitch décida de faire semblant de s'intéresser.

– C'est quoi, exactement, la spécificité de la boxe occitane dont vous êtes une championne régionale mondialement reconnue ? fit-il son curieux.

– C'est pareil que la boxe française, l'éclaira Ella Dupeps sans cesser de s'agiter, sauf que l'arbitre gueule en occitan. Sur le plan strictement sportif, la seule différence, c'est qu'on a droit aux coups bas, parce que globalement, l'Occitanie, c'est un pays du sud par rapport au nord de la

France, donc en bas de la carte.

– Passionnant, promit Sophie. Vous avez fini de vous échauffer, là ?

– Ouais c'est bon. Vous pouvez y aller.

– Une question préliminaire, dans un premier temps : vous avez l'habitude de faire du tout-terrain, avec votre 4x4, ou pas ?

– Évidemment. Sinon j'aurais une bagnole normale, vu que je l'ai pas acheté pour la frime.

– Parfait. Vous êtes exactement la personne qu'il nous fallait.

– Pour quoi faire ?

– Tout à l'heure, je vous ai dit qu'a priori, vous ne faisiez pas partie des suspects. Il y a une raison à ça : on peut difficilement être à la fois coupable et la future victime.

– Gh ?

– Je vous explique.

CHAPITRE LIII

Médusée, Ella Dupeps arborait une mine de poulpe en phase terminale de myxomatose croisé avec un hareng saur avarié.

Autant dire que ça ne rendait pas justice à la qualité de son visage, qui, en temps normal, était plutôt joli.

– J'y crois pas ! extériorisa-t-elle finalement l'âpreté de son ébahissement forcené.

– C'est pourtant la vérité vraie, haussa Sophie les épaules.

– Ouais mais bon, normalement c'est pas normal, ce genre de micmac. Franchement j'en reviens pas.

– Avec un peu d'entraînement, on finit par revenir de tout, je vous en parle d'expérience.

– Bon d'accord, admettons. N'empêche qu'au bout du compte, vous manquez pas d'air, de me mêler à un truc pareil !

– Au départ, c'était un simple coup de poker

quasiment condamné au fiasco. Puis le destin a fait son nid : votre 4x4, vos aptitudes physiques nettement au-dessus de la moyenne, qui font de vous une tordeuse de cou idéale tout en limitant les risques de mort violente si ça dégénère le moment venu. Exactement la personne qu'il nous fallait, je vous l'ai dit. C'est ça, le destin : ça s'impose mine de rien et y a rien à faire contre.

– Bordel, vous avez raison : j'ai pas le droit de me débiner, c'est comme ça et puis c'est tout. C'est quoi, le plan, exactement ?

– Il n'y en a pas vraiment. A priori, les choses devraient se faire toutes seules, pour ainsi dire d'elles-mêmes.

– Hein ? fronça Ella Dupeps les sourcils de son incompréhension.

– Quitte à me répéter un chouia : je vous explique.

CHAPITRE LIV

– Alors, tu l'as acheté, finalement, ce petit haut à la boutique en face de l'église ? persifla Lally Mande au retour de Sophie.

– Non. D'après Gribo, il me boudine trop les nénés et ça fait carrément pute bon marché.

– Ben voyons. Il est où, celui-là, au fait ?

– En train de pisser un coup dans ton jardin, je crois. Ça lui fait toujours ça, la campagne. C'est sa façon de concevoir le retour à la nature.

– Belle mentalité, d'achever des légumes qui ont déjà morflé avec la grêle.

– Son urine est d'excellente qualité, d'après ses dernières analyses. L'engrais idéal pour des plantations convalescentes, à mon avis. Et toi, la bronzette, c'est fini pour aujourd'hui ?

– Ouais. Je me suis pris une autre douche pour me calmer les nerfs. Froide, celle-là, vu la virulence du sinistre.

– Je t'ai dit que j'étais désolée, Lally. C'est trop

compliqué, cette histoire. On n'est encore sûrs de rien. Quand les choses seront suffisamment décantées pour qu'on puisse entrevoir le bout du tunnel, on te remettra dans le coup avec nous, juré craché.

– J'étais pas du tout en train de cracher, mais de pisser, fit Alex son entrée en allumant une Gitane blonde. C'est dégueulasse, de cracher sur des légumes blessés. Jamais je me permettrais.

CHAPITRE LV

Ce qui restait de la journée s'écoula sans anicroche extravagante.

Gribovitch grilla des Gitanes blondes sur la terrasse en gravier, où il sirota également quelques tasses de café qu'il dut se faire passer lui-même, car Lally Mande continuait de bouder ostensiblement, ce qui était plutôt logique comme comportement à l'égard de deux invités à qui elle n'avait aucune raison particulière de faire des risettes.

Sophie, elle, fréquenta à deux reprises la mare aux canards sans canards, car il faisait vraiment très chaud.

Quant à la gendarmette, en plus de bouder, elle se mit à faire son grand ménage d'été dans les neuf pièces de sa maison trop grande pour elle. Comme elle était énervée, elle fit ça en dépit du bon sens, et les petits tas de poussière accumulés çà et là en désordre par son balai approximatif se retrouvaient régulièrement à nouveau dispersés par un traînage de semelle malencontreux, ce qui l'obligeait à recommencer.

Du coup, ça lui donna chaud à elle aussi et elle prit une troisième douche.

Le dîner fut sommaire et déficient en convivialité : chacun picora des trucs qui traînaient dans le frigo.

Au moment du coucher, la maîtresse de maison, décidément braquée à mort, n'invita personne à partager son lit.

Magnanime, Sophie laissa celui de la chambre d'amis à Gribovitch par égard pour ses lombaires calamiteuses, et se contenta du canapé du salon qui ne faisait pas clic-clac.

Elle dut se rendre à l'évidence : Lally Mande n'avait pas menti.

Raide comme la justice, le canapé.

CHAPITRE LVI

Ella Dupeps, après une bonne douche censée laver son corps sculptural des miasmes de sueur refroidie consécutifs à l'entraînement qu'elle avait consciencieusement mené à son terme après le départ de Gribovitch et Sophie, fut étonnée de ne pas pouvoir savourer les plaisirs du délassement qui en résultait d'habitude.

Douée d'un esprit logique à peu près opérationnel, elle mit ce reliquat de tension nerveuse et musculaire sur le compte du souci provoqué par la visite inopinée, et décida de se faire du bien toute seule pour parvenir à l'état de décontraction désiré, ce qui, a priori, n'était pas forcément une mauvaise idée.

Chose faite, elle dut cependant reprendre une douche, car ce genre d'activité avait tendance à la faire autant transpirer qu'une séance intensive dans sa salle de musculation.

À nouveau récurée et délicatement séchée à

l'aide d'une serviette éponge douceur garantie même après des flopées de lavages en machine, offerte par ses élèves de Troisième à la fin de l'année scolaire, elle dut s'avouer l'évidence : elle n'en revenait toujours pas, de ce que lui avaient raconté les deux flics.

Le rôle qu'elle avait accepté d'endosser, en revanche, lui faisait du bien aux neurones.

En effet, très déçue par son métier d'enseignante dont chaque heure de cours lui semblait autant de coups d'épée dans l'eau vis-à-vis de pré-ados boutonneux qui mettaient autant d'entrain à éduquer leur corps qu'à enrichir les cases cotonneuses de leur esprit, elle se dit que pour une fois, si tout se déroulait comme prévu, elle allait enfin servir à quelque chose.

Cet espoir d'autosatisfaction faillit l'inciter à se refaire du bien, mais elle y renonça par souci d'économie de douche suite au dépassement de consommation déjà induit par la météo abusivement calorifère.

CHAPITRE LVII

Contre toute attente, le lendemain matin, il faisait beaucoup moins chaud, grâce au vent qui avait décidé de virer nord-est pendant la nuit, ce qui lui permettait de repousser au-delà de la Méditerranée des masses d'air d'obédience saharienne un peu trop invasives.

Du coup, c'était reposant comme changement, aussi radical que bienvenu.

Attablés autour du petit déjeuner, Gribovitch et Sophie virent surgir une Lally Mande en uniforme réglementaire, qui n'avait pas l'air de souhaiter les accompagner dans leurs agapes matinales.

– Aujourd'hui, je retourne à la gendarmerie comme n'importe quel jour normal, signala-t-elle au débotté. Marre de servir à rien, alors autant que je sois payée pour quelque chose.

– Ta conscience professionnelle t'honore, admit volontiers Sophie, mais je redoute l'incident.

– Quel incident ?

– Chabert va te tomber sur le poil comme la mauvaise grêle sur tes plants de tomates, puisque ta mission du moment, c'est justement de ne pas nous lâcher d'une semelle.

– M'en fous je lui expliquerai que c'est à cause de votre mauvais esprit. Une fois calmé, il comprendra.

– OK, c'est ton problème. N'empêche qu'il y a quand même un autre souci : toi partie, Gribo et moi on est bloqués, niveau mobilité. C'est pas ce qui va nous aider à faire avancer l'enquête, si on a besoin de bouger.

– Je vous laisse la fourgonnette, évidemment. Vous oubliez que j'ai ma moto.

CHAPITRE LVIII

Ella Dupeps, au réveil, ne voyait plus les choses tout à fait de la même façon que la veille.

La nuit étant censée porter conseil, elle se dit que c'était sans doute normal.

Ce qui avait changé, dans sa façon de voir les choses, c'était rapport au danger qu'elle courait, dans cette affaire.

En effet, c'était bien beau, de participer en citoyenne modèle à la neutralisation d'un monstre sanguinaire, mais si elle y laissait sa peau, ça lui ferait une belle jambe.

Une médaille posthume sur son cercueil et un beau discours du préfet ou d'un autre officiel du même gabarit pour s'émouvoir d'une aussi exemplaire abnégation, très peu pour elle.

Elle se préparait donc à appeler le numéro de portable que lui avaient laissé les deux flics, histoire de les prévenir que non, elle ne marchait plus dans la combine, que contrairement à eux, elle n'était pas payée pour ça, plus quelques arguments complémentaires pour se libérer de cette galère qui n'était pas la sienne.

Au dernier moment, elle se ravisa.

Résistant, son pouce droit refusait catégoriquement d'appuyer sur le petit téléphone vert.

L'adrénaline avait fait son œuvre.

Il pouvait se pointer, le monstre sanguinaire.

Il serait bien reçu.

CHAPITRE LIX

Le pavillon en vis-à-vis de celui d'Ella Dupeps, de l'autre côté de la rue des Herbes Folles, arborait les mêmes volets clos que la veille, confirmant que les occupants, dont la boîte aux lettres débordait de courrier et de prospectus, étaient partis en vacances.

Le cabanon de jardin au fond du jardin à droite de la maison, planque idéale pour voir sans être vu, jouissait d'un cadenas bon marché qui ne pouvait prétendre résister bien longtemps au chant du rossignol d'Alex.

Par mesure de précaution aussi élémentaire que judicieuse, la fourgonnette bleu gendarme, un peu voyante, avait été garée à distance dans une petite impasse.

– Magne-toi quand même, suggéra Sophie. Y a une bagnole qui déboule au coin de la rue, on va se faire repérer.

Preste, Gribovitch titilla donc de plus belle dans

la fente du cadenas, qui capitula piteusement et sans conditions.

Ils s'engouffrèrent tous les deux à l'intérieur.

Ça sentait le chaud, car le vent de nord-est n'avait pas encore eu le temps de rafraîchir partout.

Pragmatique, Sophie laissa la porte très légèrement entrouverte.

Pas spécialement pour faire entrer la fraîcheur, mais surtout parce que ledit cabanon, un modèle basique sans doute commandé en promotion sur monpotagerpascher.com, ne disposait d'aucune fenêtre qui permît de voir à l'extérieur.

CHAPITRE LX

Plus le temps passait, plus l'adrénaline envahissait abusivement chaque cellule de l'organisme d'Ella Dupeps, pourtant habituée à ce genre d'invasion chaque fois qu'elle montait sur le ring de ses championnats de boxe occitane.

Mais là, si ce qui était censé survenir survenait, ce ne serait pas la même chose.

Pas de codes, pas de règles, pas d'embrassade amicale une fois le match terminé.

Juste sa peau à défendre. Perdre c'était mourir.

– Mmmmuiiii !!!

Un petit orgasme subreptice, venu de carrément nulle part.

Comme quoi l'adrénaline, parfois, ça peut vous jouer de ces tours…

Elle serra les cuisses pour évacuer les séquelles et tenta de se relaxer dans son fauteuil, les yeux fermés, la respiration régulière.

En vain.

Tout en elle lui susurrait que ça allait survenir, justement.

D’un moment à l’autre.

Le pied, carrément.

CHAPITRE LXI

– Tu pourrais pas éviter de fumer, pour une fois ? soupira Sophie. Déjà qu'on a du mal à respirer, dans ce gourbi.

– Désolé, éteignit Alex sa Gitane blonde à peine entamée. C'était juste pour essayer de couvrir un peu l'odeur de chaud.

– Ben voyons. Ça fait combien de temps qu'on planque, là ?

– Environ une heure quarante-sept, à dix secondes près.

– Le doute m'étreint, Gribo.

– En quel honneur ?

– Il est trop gros, ce foutu piège. Ça marchera pas.

– Mais si. Plus les ficelles sont grosses, plus les marionnettes filent droit.

– Mouais. Si tu le dis.

– Et je le maintiens.

– Putain t'as raison : elle est écœurante, à force,

cette odeur de chaud. Rallume ta clope, ce sera moins pire.

– Impossible. En l'éteignant, je l'ai cassée.

– Alors prends-en une neuve, espèce de radin.

CHAPITRE LXII

Toujours en vaine recherche de relaxation dans son fauteuil, Ella Dupeps se redressa tel un ressort en pleine possession de ses moyens.

Son sang n'avait fait qu'un tour, il en fit donc un deuxième.

Du bruit.

Dehors.

Ça venait de par-derrière, et non pas du côté porte d'entrée.

Donc c'était louche, a priori.

D'autant plus que ça se précisait sévère : quelqu'un était en train d'essayer d'ouvrir la baie vitrée.

Et comme elle n'était pas verrouillée et qu'il suffisait de la faire coulisser pour obtenir gain de cause, ça commençait à sentir mauvais, là.

Tentation de se jeter sur son téléphone.

Avortée.

À présent aussi calme qu'un bonze shooté à la

tisane Nuit Tranquille, la prof de gym assuma pleinement son irrespect des consignes édictées par les deux flics.

Pas d'alerte téléphonique.

Ça lui faisait trop de bien partout, l'idée de gérer ça toute seule.

CHAPITRE LXIII

– Combien de temps, maintenant ? s'énerva Sophie.

– Deux heures dix-huit, toujours à dix secondes près.

– Et on n'a encore rien vu passer à part deux bagnoles, un vélo et une brouette !

– Erreur : entre les deux bagnoles, il y a aussi eu une trottinette avec un gamin dessus.

– Peut-être, mais c'est pas du tout lui qu'on attendait.

– Hum. En même temps, se pointer côté rue et sonner à la porte, c'est pas forcément le meilleur moyen pour surprendre quelqu'un qu'on a l'intention de zigouiller, si on y réfléchit bien.

– C'est sûr, mais comme elle est sur ses gardes et forcément à l'écoute du moindre bruit suspect, elle nous aurait déjà alertés en cas de souci.

– Ouais. Normalement.

– Appelle-la, Gribo. Comme ça on en aura le

cœur net.

– C'est ce que je suis en train de faire, je te signale.

– Et alors ?

– Elle répond pas. Ça vient de passer sur messagerie.

– Nom de Dieu ! On fonce au cas où ?

– Ça marche pour moi.

CHAPITRE LXIV

– Putain mon flingue !

– Désolée de l'avoir expédié à l'autre bout de la pièce d'un coup de talon en traître, mais je préfère qu'on fasse ça à la régulière. Je vous résume les règles : en gros, vous avez le droit de cogner partout où ça vous chante, y compris entre les cuisses. En tant que championne de cet art délicat, je vous suggère le coup de genou dans les ovaires. C'est très douloureux et, sans vouloir me vanter, j'ai bien peur que ce soit votre seule chance d'échapper à la boucherie.

CHAPITRE LXV

– Ah, c'est vous, ouvrit sa porte Ella Dupeps suite au coup de sonnette d'Alex. Justement j'allais vous appeler : votre cliente a préféré l'entrée de service, elle vous attend.

Soulagés de voir la prof de gym vivante, et quoique interloqués, Gribovitch et Sophie préférèrent la suivre plutôt que d'exiger des explications séance tenante.

Lally Mande était bien là, effectivement, les mains ligotées derrière le dos à l'aide d'une corde à sauter, le visage un tantinet sanguinolent et tuméfié.

– Je lui aurais bien fait le coup du genou dans les ovaires pour vous la livrer en meilleur état apparent, justifia la boxeuse, mais comme je lui avais conseillé de s'en servir elle-même, j'ai préféré ne pas lui brûler la politesse et je me suis contentée de lui massacrer la tronche.

– Bien, résuma Sophie la situation à l'attention

de la gendarmette coite de stupeur. Vu que le volume provisoirement excessif de tes lèvres fendues risque de limiter un peu ta conversation, je ne te demande rien pour l'instant et je t'explique comment on en est arrivés là. On s'est méfiés de toi dès le début. Tu avais un peu trop tendance à nous aiguiller sur des fausses pistes à répétition. Jusqu'à en oublier que l'ADN inconnu ne pouvait en aucun cas être celui d'une ouvrière, par exemple. Les soupçons ont viré à la certitude quand la correspondante de presse locale m'a dit avoir formellement reconnu un bruit de moteur qui dénonçait la mystérieuse harceleuse de Jean Navait. C'est vrai que c'est très pratique, une moto tout-terrain, pour se faufiler partout en toute discrétion. D'où ce petit piège qu'on t'a tendu, que la chance nous a bien aidés à mettre au point, je dois l'avouer. On t'a parlé d'une voiture, pas d'une moto. Du coup, tu as cru à une erreur d'interprétation de notre témoin, et il fallait que la soi-disant voiture soit un 4x4, vu la configuration des lieux. J'ai donc relevé les références de ta moto et demandé à un vieux complice de nous obtenir la liste des 4x4 dont le bruit pouvait être confondu avec ton engin. Il y en avait un seul modèle dans le secteur : celui d'Ella Dupeps. Une force de la nature. La tueuse idéale. Contrairement à toi, elle n'a pas fait de stage commando où on apprend entre autres joyeusetés à tuer à mains nues, mais elle en avait la capacité physique. La réduire au silence, pour toi, c'était la voie royale. Affaire classée. Tu aurais prétexté une initiative personnelle qui a mal tourné. Légitime défense. On t'aurait mutée pour étouffer le lézard, comme d'habitude. Donc, hier, tu nous a suivis jusqu'ici en moto, à distance pour ne pas te faire repérer. À notre retour chez toi, Gribo ne s'est pas attardé pour pisser dans ton jardin, mais pour aller vérifier que le moteur était encore chaud. Tout était prêt. Plus qu'à attendre. Un commentaire, peut-être ?

– …

– Ah, un menu détail : même si on ne t'avait pas piégée, ça n'aurait jamais pu marcher. Pas très bon pour le ciboulot, d'être aux abois : non contente d'avoir zappé le problème de l'ADN pour la fausse piste des ouvrières, tu as commis le même oubli concernant celui d'Ella Dupeps. Le tien, par contre, il collera au quart de poil. On s'est permis d'en prélever un peu sur ta brosse à cheveux. L'analyse est en cours. Pas bête, en revanche, d'avoir également trucidé le maire pour noyer le poisson, y compris la castration. Sans oublier le détail de la disparition des fringues censé étayer la thèse d'un crime de déjantée visant à l'humiliation absolue.

– Reste le mobile, intervint Gribovitch. Tu l'avais vraiment dans la peau, Navait ? Au point de faire subir un pareil traitement à son cadavre pour le seul motif qu'il t'avait envoyée sur les roses ?

– Pas du tout, feula Lally Mande malgré ses lèvres en chou-fleur. Depuis des années, il détournait des stocks de baskets haut de gamme qu'il passait lui-même en Suisse dans un camion de la boîte. L'année dernière, je l'ai contrôlé pour un banal défaut de feu arrière. Vu sa tronche, j'ai tout de suite percuté. On a passé un deal : 50% des bénéfices pour moi. Ça a roulé jusqu'à ce que monsieur soit pris de remords et m'annonce qu'il allait tout avouer à Chabert. Si je le harcelais, c'était pour qu'il revienne à la raison, ce con, pas pour qu'il me fourre sa queue entre les cuisses. Il voulait rien savoir. L'idée de lui arracher tout son bazar avec les dents, ça m'est venu sur le tas. Juste une impro.

– Merde, râla Alex. Pour une fois que je croyais avoir hérité d'un beau crime passionnel dans la plus pure tradition du romantisme échevelé…

– Ouais, adhéra Sophie. C'est vexant, je trouve aussi.

CALAIS JUNGLES
2
CALAIS JUNGLES
AU-DELÀ du PÉRIF
AU-DELÀ du PÉRIF
1
Pascal Candia
Pascal Candia
RÉGIOPOLICE
POLICE

MORVAN
MAUVAIS
Laurent Rivière
RÉGIOPOLICE

La FEMME
à la MORT
Samuel Sutra
RÉGIOPOLICE

Les PENDUS du
VAL-SANS-RETOUR
Frédéric Paulin
RÉGIOPOLICE

Le
HAUT-MAL
Joëlle Gardes
RÉGIOPOLICE

L'ANTHOLOGIE ÉROTIQUE
de
SAS
Les pages les plus brûlantes
des aventures du Prince Malko

BADGIRLS
CONTE
À REBOURS
DANIELLE CHAREST
EDITIONS SIRIUS PARIS

Impression réalisée par

CPI
BRODARD & TAUPIN

à La Flèche (Sarthe), le 20-07-2012

VAUVENARGUES – 14, rue Léonce Reynaud - 75116 Paris
Tél : 01-40-70-95-57

– N° d'imp. : 68676 –
Dépôt légal : juillet 2012
Imprimé en France